위치스 파이터즈

안전가옥 쇼-트 19

전삼혜 경장편

위치스
파이터즈

1. 스무 살이 되어서

- 3월, 윤세이 폭발 약 8주 전

경기도 성남시의 밤하늘은 땅보다 서늘했다. 여성에게만 물건을 배달하는, 특히 오컬트적 물건을 많이 배달하는 '위치스 딜리버리'의 아르바이트생 강보라는 서서히 청소기의 고도를 낮추었다.

"비 올 것 같은데."

위쪽에 묵직한 구름이 잔뜩 끼어 있었다. 은신망토를 쓰고 있었지만, 공중에서 빗방울이 튀는 것까진 막을 수 없었다. 비가 오기 전에는 땅으로 내려가야 했다. 보라는 근처 건물 그림자가 드리운 곳에 착륙했다.

"사장님. 비 올 거 같아서 잠깐 내려왔어요."

핸드폰으로 보고까지 하고 나니 하나둘 빗방울이 떨어지기 시작했다. 보라는 은신 망토를 접어 배낭에 넣으며 중얼거렸다.

"그나마 좋아진 건 날씨 예측하는 능력밖에 없네."

보라는 일부러 '스무 살 되니까'라는 말을 앞에서 빼 버렸다. 스무 살. 그 말을 입 밖으로 낼 때마다 보라의 마음에는 우울함과 간질간질함이 동시에 찾아왔다. 간질간질함은 3년이나 아르바이트를 했고 어른이 되었다는 자랑스러움일 터였다. 그렇다면 우울함은… 3년 동안이나 아르바이트를 했고, 이제는 정말 마녀가 될 수 있는데 어떻게 해야 할지 모르겠다는 마음 때문일 터였다.

"영원히 예비 마녀로 있기로 했으면 차라리 좋을 뻔했다."

단짝 친구를 위험에서 구한 게 아르바이트 첫해였다. 그러고 보니 그해에는 귀여운 초능력자 꼬마도 만났었지. 3년 동안 계절이 오고 가듯 많은 일이 있었다.

하지만 그것들이 '강보라'가 '마녀'에 적합하다는 것을 증명해 주지는 않았다.

보라는 얼마 전 윤정과 했던 문답을 떠올리며 한숨을 내쉬었다.

"정식 마녀가 될래?"

위치스 딜리버리의 주인이자 성남시 소속 마녀, '비행의 마녀' 소윤정은 스무 살이 된 보라에게 물었다. 보라가 갓 수능을 치고 아직 고등학교를 졸업하지 않은 때였다. 이도 저도 아닌 어설프고 어정쩡하기만 한 시기. 보라는 쉽사리 대답하지 못했다. 그도 그럴 것이 보라는 썩 모범적인 아르바이트생도, 예비 마녀도 아니었다. 때마다 치르는 예비 마녀 원격 테스트에서 아슬아슬하게 낙제점을 면하는 정도였다.

심지어 고등학교 3학년 때는 공부와 배달을 함께 하느라 졸다가 청소기에서 떨어질 뻔하질 않나, 물건을 잘못 배달하질 않나, 사고를 한 달에 한 번은 꼬박꼬박 쳤다. 솔직히 윤정이 내쫓아도 할 말이 없었다.

하지만 청소기를 타고 성남의 하늘을 난다는 것. 그것만큼은 포기하고 싶지 않았다. 수내고 근처의 주택가는 가로등이 드물어 땅에서 올려다보기만 해도 별이 환했다. 그 별들 사이를 중력을 거스르며 나는 일을 보라는 포기하고 싶지 않았다.

"그, 제가 정식 마녀가 되어도 될지…."

보라의 흐려지는 말끝을 윤정이 잡았다.

"솔직히 나도 불안해. 내가 엮은 마녀라고 말하

기 부끄러울 정도다."

보라가 고개를 푹 숙이자 윤정은 이것저것 컴퓨터로 검색하고 어딘가 전화를 걸어 외국어로 한참 이야기를 했다. 앞에 놓인 허브티가 마시기 좋은 온도로 식었을 때, 윤정은 이마에 맺힌 땀을 훔쳐내며 보라 앞에 다시 앉았다.

"원한다면 예비 마녀로 1년 더 있을 수 있대. 발푸르기스 사무국, 깐깐하긴…. 그 대신 지금까지 나에게 배웠다면 남은 1년도 나에게 배우는 거야. 좀 불안했는데, 잘됐네."

보라는 자신도 모르게 자리에서 벌떡 일어섰다. 그 바람에 종이컵에 잘 담겨 있던 허브티가 바닥으로 쏟아졌다.

"1, 1년 더 해도 돼요?"

윤정이 손가락을 튕겨 휴지 갑을 불러오며 대답했다.

"부디 그동안 참을성과 진중함과 주특기를 길러 주길 바랄게."
"노, 노력하겠습니다."

윤정은 달력을 들여다보았다.

"성인이… 되었으니 미성년자 야간 아르바이트 금지도 해당 사항 없고, 배달 수를 좀 더 늘려야

겠네. 곧 발렌타인에 졸업식에 입학식에 화이트 데이에. 일이 많겠어."

보라에게서 등을 돌리고 윤정은 작게 한숨을 쉬었다. 확실히 보라는 마녀라고 하기에는 허술한 점이 너무 많았다.

성인 마녀라면 독립할 수 있을 정도로는 실력을 쌓아야 했다. 생활을 위한 보통 직업으로든, 오컬트 숍과 관계된 마녀의 직업으로든. 이 도시에 있는 마녀들은 제각기 주특기로 자기 밥 정도는 벌어먹을 수 있었다. 하지만 보라는 아니었다. 스무 살부터 생활 전선에 뛰어들어야 할 만큼 보라의 경제 사정이 어렵지 않다는 게 그나마 다행이었다. 만약 그랬다면 죄책감이 들었을지도 모른다.

"너무 비행만 시켰나."

윤정은 이마에 주름을 잡았다. 하지만 여기는 애초에 배달 숍이고, 계약서를 읽어 보지도 않고 덜컥 사인을 한 것은 어디까지나 열여덟 살 보라의 의지였다.

윤정이 보라에게 시킬 수 있는 게 배달이고, 윤정의 주특기가 비행이었기에 비행 위주로 마녀 수업을 했다. 정확히는 다른 주특기를 가르쳐 주자니 걸리는 점이 너무 많았다. 약물 계통으로 주특기를 만들어 주자니, 뭘 해도 안마리와 비교하게 될 것 같아서 윤정이 먼저 질리고 말았다. 수도권 땅에서 멸종 위기 동물을 키우거나 약초학을 공부하는 것도 쉽지 않았다.

앞으로 1년, 그 안에는 정말로 저 애를 한 사람의 마녀로 만들어 내야 한다는 것을 마음에 새기듯이 윤정은 꾹꾹 가슴을 눌렀다. 그러다 문득 든 생각에 윤정은 고개를 돌려 보라에게 물었다.

"대학도 야간 자율 학습 같은 거 하니? 몇 시까지 학교 가야 돼?"

윤정은 한국에서 대학을 다닌 적이 없었다. 보라도 나이만 스물이지 아직 졸업식도 안 거친 고등학생이라 둘이 멀뚱멀뚱 눈빛만 주고받았다.

"저, 대학 어디로 갈지도 아직 안 정해졌어요."
"아. 그거 이제 슬슬 발표가 날 때던가."

윤정이 고개를 끄덕였다.

"주은이는 발표 났다며?"
"걔는 음… 그러니까 정시랑 수시라는 게 있는데요…."

보라는 한국의 기묘한 대학입시 시스템에 대해 어디서부터 말해야 할지 고민했다. 스무 살이 되면 뭔가 왕창 변할 줄 알았는데 이 모양 이 꼴이라니 스스로가 답답했다. 게다가 주은이는 아무것도 기억 못 하고 팔팔하게 공부하더니 서울 북부권 대학에 붙어서 이미 자취방을 잡았다는 게 얼마 전 메신저로 주고받은 마지막 소식이었다.

"사장님, 마녀 특별 전형으로 들어갈 수 있는 대학 같은 건 없을까요?"

보라의 말에 윤정이 어이없다는 듯 보라를 보았다.

"지금 네가 마녀로서 최소 고등학교 과정은 다 익혔다고 생각하는 건 아니겠지."
"아하. 아하하. 그렇죠."

농담 삼아 한 말이었는데 뼈만 맞았다. 보라는 수능 채점 결과와 그 점수로 갈 수 있는 대학의 이름을 떠올리며 풀썩, 테이블 위에 엎드렸다. 수능이 끝난 지 한 달이 넘었는데, 아직도 살얼음판을 걷는 것 같았다.

"대학에 갈 수는 있을까…."

보라의 신음 같은 중얼거림이 숍 안에 흩어졌다.

2. 갑자기 어른이라니

하루하루가 합격을 기다리는 보라의 마음도 모르고 흘러갔다. 원래부터 성적이 썩 좋은 편은 아니었지만, 비행 배달 일에 정신이 팔려 공부를 덜 한 탓인지 보라의 수능 점수는 평소보다 낮게 나온 편이었다. 집에서는 4년제 대학에 가기를 원했고, 보라는 그걸 받아들였다. 윤정도 그 점에서는 기꺼이 편을 들어 주었다.

"대학엔 가 두는 게 좋지."

보라는 의외의 답변을 들었다는 듯 볼을 씰룩거렸다.

"너네 집에서 등록금을 대 준다면 더더욱."

"조선 시대부터 살아오신 분이면 뭔가 다른 말씀을 하실 줄 알았는데."

보라는 받은 점수로 들어갈 수 있는 대학을 찾으면서 중얼거렸다. 물론 대학엔 가고 싶었다. 4년제도 싫지 않았다. 남들과 비슷한 나이에 사회에 나가고, 캠퍼스 라이프도 좀 누려 보는 게 좋을 것 같았다.

하지만 이런 식은 아니었다고 해야 하나.

어른이 되면 뭔가 마법처럼 변할 줄 알았다. 평소 마녀와 지내다 보니 더 그런 생각이 들었다. 하지만 실제로는 고등학교에서 공부한 걸로 수능을 치고, 열아홉에 친 수능 점수로 스무 살에 다닐 대학을 정하고 있었다. 이래서야 몇 달 전에 비해 바뀐 게 아무것도 없잖아. 보라는 속으로만 생각했다. 윤정이 의자를 돌려 보라에게 등을 보이며 말했다.

“네가 40년쯤 전에 태어났으면 또 모르지. 하지만 네 세대는 여자가 대학 가는 게 이상하지 않은 세대잖아? 그렇다면 마녀라도 대학에서 사람들 만나고 공부하는 게 좋지. 장래에 어떻게라도 도움이 될 거고.”

“진보적인지 보수적인지 모르겠네요.”

“이 몸이 너만 할 때는 여자가 대학 가는 게 아주 흔하던 시대는 아니었거든.”

그렇구나. 보라는 주어진 교육의 기회에 새삼스럽게 감탄이라도 해야 하나, 생각했다. 윤정이 이번에는 보라를 마주 볼 수 있도록 의자를 돌리며 말했다.

“게다가 너, 뭘 해야 할지 아직 찾지 못했을 테니까.”

사장님은 그렇다. 잘 나가다가 이렇게 사람 마음을 푹, 찌른다. 보라는 가슴께가 다 얼얼하다고 생각하며 하던 일로 시선을 돌렸다.

번역의 마녀, 가야와 돌을 넘긴 가야의 딸을 보러 종종 보라는 가야의 옥탑방에 갔다.

“아이고 우리 아가, 이모가 좋아요?”

까르르 웃는 아이를 보면 귀찮은 것들이 잠시라도 잊히는 것 같았다. 정작 아이가 웃는 걸 가장 많이 보는 가야는 ‘세상에서 제일 예쁜 애는 남의 애’라며 고개를 설레설레 저었다. 가야가 번역물을 한쪽으로 밀어 놓으며 보라에게 말했다.

“윤정 언니가 좀 모질어 보이는 것치곤 괜찮은 마녀야.”

가야는 보라의 시큰둥한 표정을 보며 말을 이었다.

“나도 그렇게 생각하고, 성남의 다른 마녀도 그렇게 생각할걸. 네 월급 차감 안 하고 꼬박꼬박 잘 주고, 때 되면 보너스까지 준다며.”

“그야 그렇죠. 마녀가 명절 상여금을 챙기는 건 처음 봤어요.”

“거봐, 그렇다니까.”

가야는 말끝에 웃음을 달다가 멍하니 중얼거렸다.

"그런데 언제까지 그 몸으로 살 생각이지…?"

"예?"

잘 듣지 못한 보라가 되묻자 가야는 아무것도 아니라며 손을 내저었다. 보라는 쿠키를 하나 더 집어 먹으며 투덜거림을 이어 갔다.

"모질어 보이는 것치고 괜찮으면 뭐 해요. 정작 모질어 보이는 걸 고칠 생각은 안 하시는데."

가야는 뜻밖에도 눈썹을 치켜올리며 대답했다.

"뭐 하러 그래야 돼? 마녀가 살갑게 굴어서 아는 사람 많아 봤자 피곤하기만 하지."

보라는 입안에 든 쿠키를 목으로 넘겼다.

"네, 네. 그래서 말인데요, 가야 언니는 주특기를 어떻게 정했어요? 대학 가서 정하지는 않았을 거잖아요."

가야가 자신 없게 대답했다.

"나 대학 가서 결정했는데…. 전공이 생각보다 몸에 너무 잘 맞다 싶더라니, 이것도 마녀의 주특기 중 하나더라고."

풉. 보라는 삼켰던 쿠키를 다시 게워 올릴 뻔했다. 진로 상담 겸 사장님 뒷얘기나 하려고 찾아왔는데, 어째 목표를 하나도 이루지 못하고 있었다.

"뭐, 꼭 전공이 주특기 되는 거 아니니까 열심히 해 봐~"

가야의 응원을 받으며 보라는 집으로 돌아왔다.

보라는 집에서 가까운 대학교에 합격했다. 통학하기에 괜찮은 거리였다. 주은에게 전화를 했을 때, 주은은 축하한다며 앞으로 SNS라도 열심히 해서 자주 연락하자고 말했다. 주은은 졸업식에서 보라와 사진을 찍은 후 수내동으로 돌아오지 않았다.

주은의 말대로 SNS를 시작해 봤지만 오리엔테이션이며 학과 이야기 같은 걸 굳이 업로드하고 싶지는 않았다. 게다가 주은은 명문이라 할 만한 학교에서 말 그대로 캠퍼스 라이프를 누리고 있었다. 한창 셀프 네일 아트에 재미를 들였다며 종종 네일 사진을 올리는 주은의 SNS에는 #셀프네일 #초보네일 #선배손 #동기손이라는 태그가 달린 여러 사람의 손 사진이 올라왔다. 당연하게도 그중에 보라의 손은 없었다. 메신저로 말을 걸면 한참 후에야 대답이 돌아왔다. 1학년인데 너무 바쁘다느니, 고등학교 때가 좋았다느니 말하는 주은이 딴 세상 사람 같아 보라는 때때로 울컥하는 마음을 잡아 눌렀다.

'혼자 동네에 남으니 심심해.'

봄, 꽃이 탄천을 꾸미던 때 보라는 주은이 유난히 보고 싶어 SNS 메시지를 남겼다. 주은이 뭔가 다정한 말이라도 해 주길 바라며. 그러나 돌아온 답장은 바람 든 풍선처럼 가볍기만 했다.

"억울하면 반수해!" 그리고 이모티콘 하나.

보라는 신경질적으로 핸드폰을 주머니에 쑤셔 넣었다. 주말이었다. 수업은 없었고 아르바이트를 하러 갈 때까지는 시간이 한참 남아 있었다. 보라는 억울함에 가까운 짜증을 짊어지고 무작정 저수지로 갔다. 폐업한 배 모양 레스토랑. 안마리가 살던 곳.

"널 구해 준 게 누군데."

비록 그 '구해 준' 일을 깡그리 잊게 하는 것까지가 임무였지만. 그때 보라에게 마녀의 능력이 없었다면 주은은 죽을 수도 있었다. 저수지는 황량했다. 보라는 봄날 저수지에 대고 있는 힘을 다해 악을 썼다.

"아아아아아아아아아아아아악!"

소리를 지르고 나니 목이 시큰거렸다. 눈물이 날 것 같았다.

"이게! 다! 뭐야아아아아아아아아!"

보라는 한 번 더 소리를 질렀다. 학교에서는 이제 어른이니 어른답게 행동하라고 하고. 그런데 마녀 사회에서는 아직 어엿한 마녀로 인정해 줄 수 없다고 하고. 대학 생활은 술이니 담배니 선배니 동기니 어질어질하기만 하고. 고등학교 때 친구들은 과거를 갈아엎으려는 듯 보라와 점점 멀어지기만 했다. 상황이 이 모양인데 책임. 책임은 언제나 뒤따랐다. 그놈의 어른. 그놈의 책임.

엄마도 보라가 대학에 입학하자 '책임'부터 늘어놓았다.

"술은 마셔도 돼. 그 대신 집에는 10시 전에 들어올 것."
'그때부터가 그나마 재밌는데!'

보라는 속으로 비명을 질렀다.

"담배에 손대면 즉시 집에서 쫓아낼 거야."
'쫓겨나고 싶으면 피워도 되나…?'

독립도 생각해 봤다. 하지만 학교 앞 시끄러운 원룸촌에 사느냐, 집에서 엄마가 해 주는 밥 먹고 무료 주거를 제공받으면서 통학을 하느냐를 비교해 보면 당연히 후자를 택하게 됐다. 게다가 자취를 하면 배달 아르바이트를 할 수가 없었다. 엄마는 '술 마시고 늦게 들어오는 건 안 되지만 일하다가 늦게 들어오는 건 봐준다'며 야간 아르바이트를 허락했다. 배달 시급은 쏠쏠해서 제법 돈이 모였지만 고등학교 때와는 다르게 벽돌같이 무거운 공부용 책을 사고 교통비를 내면 쑥 빠져나가 버렸다.

'정말 반수나 할까.' 보라는 고민했다.

하지만 그러다 안 되면? 이도 저도 아닌 1년을

살아가게 되면? 반수를 하겠다고 마음을 먹으면 고등학교 때보다 몇 배나 독하게 공부를 해야 할 텐데, 그러면 배달 일은? 1년간의 유예기간이 끝났는데 마녀 일도 공부도 다 망해 버리면? 불확실성이 매달고 다니는 불안감이 사정없이 보라의 귀에 비아냥을 쏟아붓는 것 같았다.

'그만 좀 해!'

보라는 귀를 막고 웅크려 앉았다가, 질척거리는 땅에 엉덩방아를 찧었다.

"아윽!"

롱 패딩에 묻은 진흙은 닦아 내면 없어지겠지만 엉덩이가 시리고 아팠다. 할 수만 있다면 그 자리에 앉은 채 다리를 동동 구르며 울고 싶었다. 하지만 보라는 한숨을 푹 쉬며 조심조심 일어나 걸음을 옮겼다. 어쨌거나 어른이니까. 누구에게 상담해도 선택은 네 몫이라는 말을 들을 나이니까. 정말 모든 게 싫지만 그게 현실인 걸 부정할 수는 없었다. 보라는 먹먹하게 구름 낀 하늘을 보았다. 봄이면 하늘이라도 맑든가. 보라는 오늘 배달 건수가 몇 개나 되려나 헤아려 보며 저수지 바깥길을 걸었다. 커플 샷 명소라더니 하하 호호, 카페마다 사람이 가득했다. 보라는 패딩 모자를 푹 눌러썼다. 3월 말이었다.

3. 무결할 수 없는

"오늘 배달할 거 없다."

보라는 윤정에게서 온 문자를 소리 내어 읽었다. 이럴 때의 선택지는 보통 두 가지였다. 배달 일은 없어도 반려동물 간식 가게로 등록된 사무실에 가서 물건 포장을 하거나, 아예 나가지 않는 것. 눈이 녹고 나니 한창 바쁘던 시기가 지났다며 윤정은 1~2주는 한가할 거라고 말했다. 어떻게 할까, 보라가 침대에 누워 두 다리를 쭉 뻗는데 엄마가 방문을 열고 들어왔다.

"오늘 아르바이트 가는 날 아니야?"

보라는 황급히 침대에 앉았다.

"아, 응, 오늘은 밤에 오래."
"알았어. 우리 딸 힘내라~"

엄마가 방문을 닫고 나가자 보라는 다시 침대에 벌러덩 누워 버렸다.

“이제 집에서 쉴 때마다 눈치가 보여….”

엄마는 ‘자취도 안 하는데 집에 생활비 정도는 내라’고 때때로 보라에게 농담을 했다. 말이 농담이지, 듣는 사람에게는 마음이 쫄깃해지는 말이었다.

“갈 데도 없는데.”

보라가 술을 좋아했다면 동기며 선배의 술자리에 끼기라도 했겠으나, 보라는 술의 맛이 쓰기만 했다. 애초에 약속하지 않은 술자리에 넙죽 끼어들 만큼 붙임성이 좋지도 않았다. 보라는 해가 지자 빈 가방을 들고 집을 나섰다.

위치스 딜리버리 사무실은 비어 있었다. 이리저리 널려 있는 집기로 봐서는 윤정이 출근을 한 것 같았지만 모습은 보이지 않았다. 보라는 언제나 고양이 사료를 보관해 놓는 통에서 사료를 퍼 가방에 담았다. 마녀의 패밀리어로 선택되는 동물은 전통적으로 고양이인 경우가 많기 때문에 국제 마녀 협회에서 지정한 예비 마녀의 봉사활동 항목에는 배고픈 고양이들에게 밥을 주는 활동이 있었다.

그리고 수내동은 길고양이에게 별로 적대적인 동네는 아니었다. 고양이가 자주 오는 자리에 슬쩍 사료를 부어 주고 가는 정도로는 아직까지 험한 소리를 들은 적이 없었다. 보라는 미리 마음속으로 정해 놓은 몇몇 곳에 사료를 놓고 아파트 사잇길을 걸었다.

그러다가 윤정을 보았다.

가게 밖에서, 마녀로서 행동하고 있지 않은 윤정을 보는 것은 보라에게는 처음이었다. 윤정은 평범한 사람처럼 보였다. 백발이 섞인 머리를 늘어뜨려 묶고, 날씨에 맞는 따뜻한 카디건과 긴 치마를 입고 있었다. 들고 있는 커다란 다회용 쇼핑백이 사무실에 굴러다니던 것만 아니었으면 보라도 그 사람이 윤정이라는 사실을 알아채기 어려웠을 터였다.

'고양이 밥 주러 가시나?'

보라는 슬쩍 윤정의 뒤를 밟아 걸었다. 자신도 새 길고양이 스폿 하나 뚫으면 좋겠다는 가벼운 마음이었다. 윤정은 아파트 화단 앞에서 슬쩍 두리번거리더니 모습을 감췄다. 은신 망토. 보라는 윤정의 모습이 감쪽같이 사라지는 걸 보며 혀를 찼다.

"그런데 그게 모습까지 감출 일인가?"

보라는 소리 내어 자신에게 물었다. 물론 경비원분들 중에는 고양이 꼬인다고 밥 주는 걸 싫어하시는 분이 더러 계시긴 했다. 그래도 윤정이면 그 정도는 별것 아니라고 넘길 텐데. 이상하다는 생각이 들었다. 보라는 자리를 뜨지 않고 기다리기로 했다. 봄이 왔는데, 등에 스멀스멀 식은땀이 흘렀다.

검은 고양이 두 마리가 비틀비틀 어디선가 걸어 나왔다. 앙상하고 늙은 고양이들이었다. 고양이들은 누군가 그 자리에 있다는 듯 가운데 공간을 비우고 울었다. 윤정이 있을 듯한 자리였다.

이어지던 가냘픈 울음소리는 고양이들이 축 늘어지면서 순식간에 뚝 그쳤다.

보라는 자신의 입을 틀어막았다. 고양이 두 마리가 반항 없이 허공으로 떠올랐다. 그리고 사라졌다. 보라는 우두커니 서 있다가 빠르게 주저앉았다. 잠시 뒤, 풀숲 사이에서 윤정이 걸어 나왔다. 아까보다 훨씬 무거워 보이는 가방을 든 채. 사방을 둘러보고도 보라를 발견하지 못한 듯 윤정은 사무실 쪽으로 사라졌다.

보라는 아직도 사료 냄새가 나는 손을 입에서 떼어 냈다. 물속 깊은 데 있다가 솟구친 것처럼 심장이 미친 듯 뛰었고 호흡이 가빴다.

'내가 뭘 본 거지?'

분명 고양이들은 윤정을 적대하지 않았다. 윤정이 은신 망토를 쓰지 않았어도 꼬리를 감으며 반길 것 같았다. 죽음도 괴로워 보이지 않았다. 온전히 잠든 것처럼 평화로워 보였다. 하지만 그건 분명 생명을 죽이는 일이었다.

'사장님이 까칠하고 깐깐할 때는 있었지만 나쁜 짓을 하지는 않았는데.'

보라는 도망치듯 집으로 뛰어갔다.

다음 날에도 일은 없었다. 윤정이 사무실에 들러 간식 포장을 하라고 해서 보라는 묵묵히 손을 놀렸다. 냉장고 옆에 놓인 아이스박스가 계속 신경을 긁었다. 혹시 고양이들이 저 안에 있을까? 아니면 냉장고 안에? 묵묵히 키보드를 두드리는 윤정의 얼굴에선 아무 죄책감도 읽을 수 없었다. 보라는 자리에서 일어나 냉동실 문을 벌컥 열었다. 얼음 틀과 얼린 약초만 있었다. 윤정이 모니터에서 눈을 떼고 보라를 보았다.

"냉동실은 왜? 약초 필요해?"

보라는 떨지 않으려고 노력하며 대꾸했다.

"고양이가 없네요. 냉동실에 넣으셨나 했죠."

짐작이 간다는 듯, 윤정의 얼굴에 팔자 주름이 깊게 패었다. 윤정은 한숨을 길게 내쉰 뒤 일어나 정수기 쪽으로 가서 물을 받았다.

"내 뒤는 왜 밟았어. 언젠가 너도 알게 될 일이긴 했지만."
"거기 저 사는 동네거든요."
"아. 그랬지."

무심하게 윤정이 찬물을 들이켰다. 보라의 두 주먹이 살짝 떨렸다.

"고양이한테 밥은 왜 주는 거예요?"

무슨 말이냐는 듯 윤정이 보라를 빤히 쳐다보았다. 보라는 조금씩 분노가 치밀어 오르는 것을 느낄 수 있었다. 분명히 그 고양이는 윤정에게서 아주 여러 차례 밥을 얻어먹으며 윤정에 대한 신뢰를 쌓았을 텐데, 윤정의 표정은 여전히 밋밋했다.

"나중에 죽이려고 밥 주면서 친해지는 거예요?"

윤정은 못마땅한 표정을 지었다.

"강보라. 넌 지금 예의도 없고 내 행동을 오해하면서 마녀들의 전통을 멋대로 왜곡하고 있어."

"고양이 죽이는 게 무슨 전통이에요!"

보라가 버럭 소리를 질렀다. 윤정은 물 한 잔을 더 떴다.

"일단 고양이에 대한 설명부터 하면, 고양이는 나와 계약을 했어. 그 녀석들 형제를 전부 어미가 버리고 가서 죽기 직전이었거든. 체온 유지 마법 걸고, 약초 달인 물 먹이면서 자기 혼자 사냥할 수 있을 때까지 키워 냈어. 그러기 전에 분명히 물어봤지. 나랑 계약하면 몇 년은 더 살 수 있겠지만 죽은 뒤에 네 몸을 나에게 줘야 하는데 그래도 되겠냐고. 고양이들은 괜찮으니까 살고 싶다고 했고, 그 대가로 난 애들의 부러진 다리랑 찢긴 등가죽까지 다 치료해 줬어."

윤정이 보라를 똑바로 보았다.

"어제 그 녀석들은 나에게 그동안 즐거웠다고 했어. 그동안 뭘 잘못 먹다 탈 났는지 잔뜩 말라 빠져서는."

보라는 고개를 숙였다. 윤정의 말이 사실이든 아니든, 윤정의 의도를 멋대로 짐작한 건 사실이었다. 그러나 한 가지 의문이 다시 보라의 고개를 들게 했다.

"그럼 그 고양이들은 어디로 갔어요?"

윤정이 물컵을 내려놓으며 피식 웃었다.

"마녀 수업 잘 들었네. 내가 고이 묻어 줬다고 해도 안 믿을 거지?"

언제 웃었냐는 듯 윤정의 눈빛이 엄해졌다.

"명복도 빌어 주고, 마녀의 전통대로 의식도 치러 주고, 나한테 필요한 부분만 구석구석 떼어 냈어. 그리고 오늘 아침 사정 아는 반려동물 화장터에 다녀왔고. 뼛가루며 털이며 다 약장 안에 넣어 놨어. 그게 궁금해?"

보라가 약장을 보며 혐오스럽다는 표정을 지었다.

윤정의 목소리에 날이 섰다.

"네가 하는 약물 실험, 내가 만드는 비상 약, 사람들이 사 가서 우리가 돈을 벌게 해 주는 것들이 하늘에서 떨어진 줄 알았어? 우리 사무실로 들어오는 저주 물품들의 재료는 어디에서 왔을까? 저주를 푸는 데 쓰는 재료들은? 마녀란 그런 존재야. 아주 옛날에는 들짐승과 계약했고, 지금은 시궁쥐나 길고양이와도 계약을 하지. 우린 거래를 해. 삶을 주고 죽음을 받아."

보라는 정신을 차리려고 애썼다.

"이런 게 마녀의 일인가요…?"

떨리는 보라의 목소리에 윤정은 차갑게 못을 박았다.

"싫다면 1년 되는 날 그만둬. 그때까진 너도 나도 벗어날 수 없어."

4. 마녀는 언제나 당신 곁에

일을 그만두든, 그만두지 않든 윤정과 엮인 예비 마녀로 1년을 보내야 한다는 사실은 보라에게 기묘한 불안감을 주었다. 윤정에게 화내고 따질 일이 잔뜩인 입장이라고 생각한 마음은 사그라지고 '혹시 사장님은 날 내쫓고 싶은데 참는 게 아닐까' 라는 걱정이 피어올랐다. 봄이 깊어 가고 아이들은 친해질 시기였다. 택배 포장 일이 부쩍 늘어났다. 윤정이 한 번 위험한 것들을 걸러 내고 나서도 포장해야 할 물품이 많은 건 마찬가지였다.

"저주 종류의 물품이 부쩍 늘었어."

윤정이 택배 하나를 꼼꼼히 검사한 후 중얼거렸다. 보라는 일부러 고개를 들지 않은 채 대답했다.

"그럴 수 있죠. 애들이 힘들어지면 그런 물건이

늘잖아요."

보라의 대답에도 윤정의 주름진 미간은 펴지지 않았다.

"이 시기에는 보통 매력하고 저주 물건이 같이 늘어. 학교에서 고립당하지 않으려는 애들은 매력을 사고, 고립당한 애들은 저주를 사. 그리고 약간… 늦봄은 번식기 같은 때니까, 매력 종류도 많이 팔려야 하는데 말이지…."

보라가 허리를 펴며 손날로 콩콩 목뒤를 두드렸다.

"물품별 판매 그래프 같은 것도 작성하시나 봐요."
"이상이 생기면 알아야 하니까."

윤정은 그렇게 말한 후 목소리를 낮췄다.

"이상이 이미 생긴 걸지도."

보라는 아직도 윤정을 대하기가 편하지 않았다. 분명히, 얻는 게 있으면 잃는 것도 있는 게 당연한 일이다. 약초나 동물의 가죽은 허공에서 생겨나지 않는다. 주은이가 보라의 머리카락을 얻어 내려 집요하게 굴었던 것에서 드러나듯이, 재료 없이는 주술의 효력이 발생하지 않는다. 하지만 축 늘어진 검은 고양이가 아직 눈앞을 떠나지 않았다.

"가 볼게요. 과제 때문에 조사할 게 있어서, 일찍 들어가 보려고요."

"그래라. 배달하러 저녁에 올 거면 연락하고."

보라는 고개를 꾸벅 숙여 보이고 피시방으로 향했다. 집 컴퓨터는 인터넷 창 두 개만 띄워도 느리기가 굼벵이 같았다. 피시방이 있는 상가로 향하며 보라는 알 수 없는 찜찜함에 입안 살을 씹었다. 뭔가 잘못되고 있었다. 저주 물품을 찾는 사람이 지나치게 많은 것도 문제였고, 발신자가 전국 각지의 오컬트 숍이라는 것도 문제였다. 오컬트 숍 한두 군데에서 이벤트를 열어 이용자가 몰린 것이 아니라는 얘긴데, 오컬트 붐이라도 일어났나. 보라는 선불카드를 사서 자리에 앉았다. 건성건성 조사를 하던 보라의 귀에 불규칙적인 틱, 틱 소리가 들렸다.

보라가 옆을 돌아보자 열대여섯 살쯤 되었을까 싶은 여자애가 손톱을 물어뜯는 게 보였다.

'거슬려….'

헤드폰을 쓸까, 생각하던 차에 여자애가 '아이 씨' 소리를 내더니 벌떡 일어나 자리를 비웠다.

'티켓팅이라도 하나. 짜증 더럽게 내네.'

보라는 의자를 쭉 뒤로 빼며 여자애가 쓰던 컴퓨터 화면을 흘끔 넘겨다보았다. 교양 없는 짓이라는 건 알지만, 사람 신경 쓰이게 한 게 잘못이라고 슬쩍 합리화하며 본 화면에는 메모장과 인터넷 창이 같이 떠 있었다.

딱 봐도 오컬트 숍 페이지였다. 어두운 배경에 신비로워 보이려고 애쓰는 서체. 메모장에는 인터넷 홈페이지 주소가 너덧 개 적혀 있었다. 보라는 주위를 확인한 후 핸드폰 카메라로 메모장을 찍었다. 흐리게 찍혔지만 글자를 알아볼 수는 있었다. 인터넷 주소만 가지고 여기서 검색을 하자니 내가 네 컴퓨터 화면 다 봤다 자백하는 꼴이고, 핸드폰으로 검색을 하자니 불편했다. 게다가 찍고 보니 메모장에는 홈페이지 주소 말고도 웬 한자 단어들이 같이 적혀 있었다. 보라는 한자를 확대해서 보다가 무심코 중얼거렸다.

"이 사람이 정신이 나갔나…."

모든 한자를 알아볼 수는 없었지만 몇 글자는 확실했다. 귀, 주살, 혼. 보라가 동양 마녀와 주술 과목을 공부하면서 수십 번을 본 한자였다. 그런 단어를 대체 왜 오컬트 숍에서 검색하고 있는지는 뻔했다. 보라는 최대한 빠른 속도로 과제용 자료 조사를 끝마치고 바로 사무실로 향했다.

"사장님."

문을 열어젖힌 보라가 자신을 부르자 윤정이 택배 박스를 든 채 웬일이냐는 표정을 지었다.

"컴퓨터 좀 써도 돼요?"
"과제는 나가서 해."

"과제 아니에요. 같이 보셔야 될 거 같아서."

보라가 찍어 온 사진 속의 인터넷 주소를 메모장에 쳐 넣는 동안, 윤정은 흥미롭다는 눈빛으로 보라의 핸드폰을 보았다.

"뭘 가져온 거야?"

보라는 주소를 다 옮겨 적고 핸드폰에 저장해 둔 사진을 윤정에게 전송했다. 윤정은 사진을 확대해 보더니 허어, 기가 찬다는 듯 웃었다.

"간체자에 번체자에 일본식 한자까지. 누군진 몰라도 저주에 진심인가 보다."

보라가 첫 번째 홈페이지를 창에 띄우자 바로 성인 인증 팝업이 떴다. 보라는 피시방에서 그 여자애가 짜증을 낸 이유를 알 것 같았다. 여자애가 메모한 홈페이지 중 태반은 성인 인증이나 회원 가입을 요구했고 미성년자에게 물건을 팔지 않는다고 첫 화면에 적어 두었다. 보라가 성인 인증을 하자 스산한 느낌이 나는 물품들이 화면에 나타났다.

"고독, 이건 벌레끼리 잡아먹게 해서 한 마리만 남기는 거고…. 이 나뭇가지는 흉일 흉시에 무덤 근처에서 꺾은 거네. 부적도 꽤나 잘 만들었어. 효과 충분하겠는데? 멋모르고 사서 써먹으려다간 반작용으로 팔다리 한두 개 부러지는 건 일도 아니겠다."

윤정이 보라에게 비켜 보라고 손짓한 다음 자리에 앉아 페이지를 계속 넘겼다. 물품 페이지를 끝까지 다 본 윤정은 '비싸고 확실하고 위험한 것'이라고 말했다.

"이건 어른이어도 사면 위험해. 마녀 인증서를 받아야 접속 가능하게 만들어야지, 이런 허술한 성인 인증 정도론…."

보라와 윤정은 동시에 중얼거렸다.

"안마리…."

하지만 안마리는 사라졌다. 그 저수지에는 이제 마녀가 살지 않았다. 윤정은 양손으로 자기 머리를 헝클어 버리고 컴퓨터 의자를 보라에게 양보했다.

"누군지 몰라도 안마리는 확실히 아냐. 걔는 이런 재료보다는 완성품을 팔아."

"하지만 이런 게 우리 구역으로 흘러들어 오면…."

보라의 조심스러운 말에도 윤정은 손사래를 쳤다.

"검사한 다음에 반송하면 그만이야. 덤으로 경고장까지 붙여서. 아, 요즘 장사하는 마녀들 진짜 상도덕이 없네."

보라는 목 끝까지 올라온 말을 삼켰다. 우리가 검사를 거친 것만 내보냈음에도 주은이가 위험에 빠지지 않았냐고. 검사 정도로 해결되는 일이 아니면 어떻게 하냐고 윤정에게 말해 봤자 소용없을 것 같았다. 윤정은 항상 '저주 도구의 부작용에 대해서는 사는 사람에게도 책임이 있다'는 입장이었다. 그렇다면 보라와 윤정이 이런 것들의 배송을 막을 필요는 없었다.

"강보라, 너 지금 이상한 생각 하지."

윤정이 짜증을 거둔 얼굴로 보라가 앉은 의자를 돌려 보라와 마주했다.

"막아야 하지 않을까 생각했을 뿐이에요."

보라는 윤정의 눈을 피했다. 윤정은 고개를 저었다.

"나한테는 막아야 할 의무가 없어. 너한테도 그래야 할 의무는 없고."
"만약 저 혼자 알아서 한다면요?"

불쑥 튀어나온 말에 보라는 스스로 놀랐다. 스산한 기운이 흘러나오던 화면. 윤정은 보기만 해도 뭔지 척척 알아보는 물건들을 자기는 전혀 알아볼 수 없었던 것에 대한 열등감.

'어차피 우리가 붙어 있는 건 단지 1년을 채우기 위해서가 아닐까.'
'나는 필요 없는 게 아닐까.'

이런 생각이 뒤섞인 결과가 '알아서 한다'는 어리숙한 말로 나올 줄은 보라 자신도 몰랐다. 윤정은 팔짱을 끼고 빤히 보라를 보다, 뒤돌아섰다.

"네 뒷감당을 언제까지나 내가 할 수는 없어."

엮인 마녀, 보라가 다른 마녀의 손에 죽으면 윤정의 남은 수명이 절반으로 깎인다. 보라가 위험한 행동을 할 때 윤정이 뒷감당을 하는 건 자신의 수명을 위해서였다. 그건 보라가 함부로 위험한 일을 하면 윤정까지 끌려 들어간다는 뜻이기도 했다. 보라는 말을 더 붙이지 않고 자리에서 일어났다.

하지만 1년이라는 유예를 얻은 시점, 하루하루 기한이 다가오는 가운데 이런 일이 던져졌다면, 아직 마녀의 힘을 조금이나마 쓸 수 있는 내가 해야 하는 일은 뭘까. 보라는 고민하며 사무실을 나섰다. 상가 입구를 빠져나온 보라는 중얼거렸다.

"장유유서 엿 먹이기지."

5. 서로를 지키는 거야

윤정은 수령장을 검토하다 길게 숨을 내쉬었다. 오늘은 위험한 물건을 배달하는 날이었다. 검수를 통과하지 못한 위험한 물건 중 일부는 배달을 하고 있었다. 조건을 두긴 했다. 윤정이 직접 배달할 것. 윤정은 물건을 수령자에게 직접 전달하고 이게 무엇인지, 어디에 쓸 것인지, 리바운드(사용 시 겪게 되는 반작용)에 대해서는 아는지 일종의 수령 증명서를 작성하게 했다. 수령 증명서를 쓰라고 하면 절반 이상은 '안 받겠다. 가져가라'며 물품을 되돌려 주었다.

그런 물건들이 늘어나면 늘어날수록 위치스 딜리버리의 수입은 줄어들었다. 반송을 해 봤자 반송비만 들지 윤정이 얻는 이익은 하나도 없었다. 혹여 수령자가 마음을 바꿔 다시 수령 증명서를 쓰고

라도 받고자 한다면 건네줘야 하니 일정 기간 동안은 반품하지 못한 채로 보관해야 했다.

윤정은 오늘도 그 '배달해야 하는 위험 물품' 상자 하나를 맡고 있었다. 한 사람이 세 번째 주문한 물품이었다. 차라리 이용법을 잘못 알아서 효과를 못 보고 계속 사들이기만 하는 거면 좋겠다고 윤정은 진심으로 생각했다. 저주 물품을 계속 사면 구매자에게 차곡차곡 리바운드가 쌓인다. 이 물품을 여러 번 사면서 쌓인 양만으로도 가벼운 사고는 충분히 날 정도였다.

"사랑이란 대체 뭐냐."

'사랑과 저주의 물품'이라는 분류 딱지를 붙여놓은 상자를 보며 윤정은 메마른 손으로 얼굴을 문질렀다. 사랑은 대부분 1 대 1 독점 관계고, 독점하고자 하는 상대에게 다른 사람이 있다면 저주를 해서라도 그를 떼어 낸 뒤 자신이 그 자리에 들어가고 싶어 하는 게 사람 마음이다. 골키퍼 있다고 골이 들어가지 않는 것도 아니며, 골 넣는다고 골키퍼가 바뀌는 것도 아니지만 골키퍼가 심각한 부상을 겪는다면 경기는 혼란에 빠진다. 바로 그런 효과만 노리는 물품들이 있었다.

"기울어진 저울… 이런 거 만드는 애들, 약물 및 주술용품 제조 면허 박탈해야 되는 거 아니냐고."

윤정은 인터넷에서 찾아내 프린트한 '기울어진 저울'의 사용 설명서를 읽었다. 짝사랑하는 상대의 이름을 쓴 종이, 자기 이름을 쓴 종이, 저주를 걸고 싶은 상대의 이름을 쓴 종이와 약초 오일, 캔들을 사용해 '마음을 차지한다'는 주술을 거는 물건이었다. 다만 사용 설명서에는 '상대를 저주하는 만큼 사용자의 수명, 건강 등이 소모될 수 있다'는 중요한 부분이 빠져 있었다. 마녀들만 알고 일반 사용자는 모르기 쉬운 그놈의 리바운드. 기울어진 저울의 리바운드는 사용자와 그의 열망에 따라 달라지겠지만 자칫하면 영혼의 일부를 영원히 빼앗길 수도 있었다.

"이런 걸 어떻게 애한테 말을 해."

윤정은, 마녀 선배는 말해야 했다. 보라에게 이 세계가 냉정하고 참혹하고 하나를 주면 셋을 빼앗는 구조라는 걸 알게 하는 게 선배 마녀로서의 바른길이었다. 하지만 윤정은 보라가 마녀 자체를 미워하기보다는 윤정 자신만 원망하기를 바랐다. 사실은 이렇게 시커먼 늪 같은 곳에 들어오게 하고 싶지 않았다. 윤정은 배달 약속 시간이 되자 은신 망토와 물품을 챙겨 날아올랐다.

보라는 옆 건물 옥상에서 계속 사무실 건물 옥상을 지켜보고 있었다. 윤정이 특정 요일마다 위험한 상품을 따로 배달한다는 건 이미 2년 전 보라가 처음 아르바이트를 할 때 윤정이 흘린 이야기였다.

막을 의무가 없다고 해서 '막으면 안 되는 것'은 아니었다. 윤정이 옥상에 나타나자마자 보라는 은신 망토를 뒤집어쓰고 빗자루에 올라탔다. 보라가 미리 공부해 둔 내용에 따르면, 마녀는 운송 수단인 청소기를 분실하거나 탈취당했을 때를 대비해 딱 30분간 빗자루에 탑승 마법을 걸 수 있다. 빗자루는 승차감이 정말 개떡 같았지만 보라가 비행하는 윤정을 청소기 없이 쫓아갈 수 있는 유일한 수단이었다. 다리가 닿는 부분에 방석을 둘둘 말아 청 테이프로 고정해 놓았는데도 요동치는 빗자루가 흔들릴 때마다 허벅지의 물집이 비명을 질렀다.

윤정은 배달 주소지인 옥상에 도착했다. 은신 망토와 청소기를 감춘 윤정은 상자만 든 채 옥상 문 앞에서 물건 받을 사람을 기다렸다. 보라는 간신히 눈물을 참으며 윤정이 청소기를 감춘 자리에 내려 쪼그려 앉았다. 또 물집이 터진 것 같았다.

"배달 오셨어요?"

몰래 나온 기색이 역력한, 보라보다 조금 어린 듯한 여자아이가 옥상 문을 열고 윤정에게 손을 내밀었다. 배달자가 아무리 수상해 보여도 받는 사람이 놀라지 않는다는 게 오컬트 물품 배달의 좋은 점이었다. 보라는 은신 망토를 쓴 채 주머니에서 핸드폰을 꺼내 카메라 앱을 비디오 촬영 모드로 돌렸다. 윤정의 '밀어내기'에는 어딘가 수상쩍은 면이 있었다. 고양이 사건 외의 부분을 보아도, 요새의 윤정은 이상했다. 자꾸만 자신을 멀리하려 했다. 혹시 위험한 물건 배달이 급증한 것과 연관이 있지 않을까 생각해 봤지만 그저 추측일 뿐이었다. 실제 이유가 조금은 궁금했다. 보라가 1년의 유예기간을 마치고 마녀가 된다면 보라도 위치스 딜리버리에서 위험한 물품을 다루게 될 텐데, 대체 왜 윤정은 1년만 지나면 그만두라는 듯이 구는 걸까.

보라에게 소윤정은 사장이기도 하지만, 한편으로는 선배 마녀였다. 결코 자신을 위험한 일에 접근시키려 하지 않는 사람. 윤정이 밀어내는 이유를 알아야 1년 후 서로 헤어지더라도 마음이 개운할 것 같았다.

윤정은 상자를 바로 건네는 대신 한참 동안 여자아이의 어깨 근처를 보았다. 보라는 그게 '달라붙은 무언가'를 관찰하는 행동이라는 걸 알았다. 수내고 애들 어깨에 몽마가 드글드글했던 것처럼 이 아이도 뭔가 달고 있을 가능성이 높았다. 윤정이 한 발자국 물러서더니 고개를 저었다.

"오늘은 그냥 배달 못 합니다. 이게 뭔지, 어디 쓸 건지, 잘못되면 어떻게 되는지 잘 알고 있다는 확인서 주셔야 해요."

"뭐가 그렇게 까다로워요?"

아이가 짜증스럽다는 듯 긴 머리카락을 등 뒤로 넘겼다. 윤정은 단호했다.

"같은 물건을 세 번째 시키셨죠. 성인 전용 쇼핑몰에서."

아이는 움찔하더니 다시 인상을 썼다.

"배달하는 사람이 그거 알아서 뭐 해요? 이리 줘요. 확인서든 뭐든 쓸 테니까 일단 달라고요."

"확인서 먼저 쓰세요."

윤정이 한 손으로 물건을 든 채, 주머니를 뒤지는 순간 아이가 와락 물건을 향해 손을 뻗었다.

"내놓으라고!"

윤정이 중심을 잃으면서 뒤로 밀렸다. 보라는 생애 가장 빠른 속도로 은신 망토를 벗어 던지고 달려가 윤정이 넘어지지 않게 뒤에서 받쳤다.

"아, 씨. 넌 또 뭐야?"

보라가 도끼눈을 뜨고 바라보아도 여자아이는 신경질만 부렸다. 윤정이 중심을 잡았고, 보라는 윤정을 받치느라 바닥에 떨어뜨렸던 핸드폰을 주웠다. 핸드폰의 녹화 기능은 이미 꺼져 있었지만 보라는 카메라를 들이대며 삿대질을 했다.

"선빵 친 쪽이 무조건 과실 있는 거 알아? 심지어 니네 엄마뻘 되는 사람을 밀어? 게다가 그런 물건 주문하다 보면 정신 나가. 알아?"

"카메라 꺼! 니가 뭔데 상관이야? 난 택배 받으러 온 거라고!"

아이와 보라가 새벽 공기 속에서 바락바락 악을 쉬으며 싸우는 동안 윤정은 바닥에 떨어진 택배 상자를 보았다. 아이의 어깨에 달라붙은 하급 악마들은 이미 충분히 신나 보였다. 이 물건을 저 아이한테 주면 진짜 안 될 것 같다는 생각에 윤정은 상자를 주워 들었다. 그리고 아이를 하급 악마들로부터 떼어 낼 약을 주머니에서 찾으려는 순간, 보라의 목소리가 윤정의 귓가에 날아와 꽂혔다.

"내가 저 사람 조카다. 왜!"

여자아이가 얼빠진 얼굴을 하고 있는 동안 윤정은 찾아낸 가루약을 여자애 머리와 양어깨에 뿌렸다. 벌리고 있던 입에도 들어갔는지 여자아이가 퉤퉤 침을 뱉었다. 아이의 어깨에서 자줏빛, 검은빛 연기가 살랑거리며 흩어졌다. 보라는 뒤돌아 윤정을 보았다. 윤정은 아이의 상태를 확인했다. 막상 쏘아붙이고 나니 겁이 난 건지, 이제 무슨 말을 해야 할지 생각이 안 나는 건지 흔들리는 아이의 눈동자를 본 윤정이 엄지손가락을 세워 보이며 고개를 끄덕였다. 여자애는 헛구역질을 몇 번 하다 멍한 눈으로 윤정을 보았다. 윤정이 물건을 내밀며 물었다.

"그래도 이게 필요해?"

여자애는 뒤로 물러나며 고개를 저었다. 작게 중얼중얼거리는 소리가 뒷걸음질 치는 발소리에 섞였다. 그게 아니라, 그렇게까지 하려던 게 아니라, 그게…. 여자아이는 옥상 문을 열고 빠르게 내려가 버렸다. 옥상에는 물건, 보라, 윤정만 남았다. 윤정은 청소기가 있는 곳으로 가 모서리가 찌그러진 택배 상자를 먼지 통에 넣었다. 보라가 은신 망토를 치우자 보라가 타고 온 빗자루가 드러났다. 윤정은 고개를 절레절레 저었다.

"네 행동 때문에 나 혈압 올라서 일찍 죽겠다…."

윤정은 자기 청소기에 오른 뒤 보라를 함께 태우고 날아올랐다.

6. 나를 버리지 말아요

윤정은 사무실로 돌아오자마자 보라가 탔던 빗자루를 부러뜨려 마법의 불로 태웠다. 힐난의 눈초리로 윤정이 보라를 쏘아보았지만 보라는 잘못한 것이 없다는 듯 등을 펴고 의자에 앉아 있었다. 윤정은 어디서부터 이야기해야 할지 몰라 잠시 숨을 골랐다.

"죄송해요."

표정은 당당했음에도 보라의 입에서는 사과의 말이 흘러나왔다. 윤정은 피식 웃었다.

"뭐가."

"엄마뻘이 아니잖아요. 함부로 나이를 깎아서 죄송합니다."

"죄송한 마음이라곤 하나도 없다는 말을 참 잘하는구나."

윤정은 언제나 그랬듯 허브차 두 잔을 탔다. 보라는 순순히 잔을 받았다. 윤정이 속으로 혀를 찼다. 저런 태도도 문제였다. 상대가 먹을 것이나 마실 것을 준다고 해서 아무 의심도 없이 받는 것.

"잔 겉에 내가 독이라도 발랐으면 어쩌려고?"

후, 불어 차를 식히는 보라에게 윤정이 퉁명스럽게 물었고 보라는 무슨 소리냐는 듯 눈만 끔벅였다.

"절 죽이시면 사장님 생명이 깎이는데요?"
"그건 또 잘도 기억하네."

엮인 마녀라는 관계가 주는 신뢰감 때문에 저렇게 행동했을 거라고, 윤정은 방금 전의 책망을 잠재웠다. 하지만 이렇게 된 이상 할 말은 빨리 하는 게 나을 것 같았다. 난장판이 된 새벽에 혼란스러운 일 하나 더한다 해서 나쁠 것도 없으리라. 윤정은 의자에 앉은 채 숍 안을 한 번 둘러보고 입을 열었다.

"사무실 닫을까 생각 중이야."

후후 입김을 불던 보라의 숨이 멈췄다. 단순히 사무실을 옮긴다는 얘기가 아니라는 것을 알아차린 듯 보라가 잔을 탁자 위에 놓았다. 입을 열려는 보라를 손을 들어 막은 윤정이 다시 이야기를 이어 나갔다.

"배달 마녀가 한자리에 너무 오래 있는 건 안 좋아. 오늘처럼 진상 손님을 만나는 날이 하루 이틀도 아니고, 언젠가 운 나쁠 때 사무실 위치를 추적당할 수도 있어. 만약 우리 주소를 알아낸 상대가 적대적인 초능력자나 마녀라면 일은 더 커지지."

윤정은 보라에게서 등을 돌리고 바싹 마른 낙엽 같은 소리로 중얼거렸다.

"너무 많은 연을 맺었어."

보라가 윤정의 등에 대고 물었다.

"저는… 여기서 1년을 마칠 수 있어요?"

윤정은 잠시 입을 다물었다. 목 좋은 상가라 언제 내놔도 팔리겠지만, 안 팔려도 딱히 윤정 한 몸 생활하는 데에는 지장이 없었다. 1년을 다 채운 뒤에 내놓을 수도 있었다. 그러나 그렇게 하면, 보라와 정말 마녀 대 마녀로 만나게 되면, 지금처럼 우호적인 관계를 유지하지 못할 수도 있었다. 지역을 놓고 대립하고, 귀한 물건 하나에 싸움을 거는 동등한 관계를 자신이, 보라가 견딜 수 있을지 윤정은 확신이 서지 않았다.

"지금 당장 내놓지는 않을 거야. 그래도 마음의 준비는 해. 부동산 시장이 어떻게 돌아갈지는 마녀도 몰라."

웃음을 섞어 말하고 싶었는데 윤정의 말이 딱딱하게 끊겨 버렸다. 보라는 윤정의 뒷모습을 보았다.

소윤정은 그동안 계속 늙어 갔다. 백발이 더 늘어난 머리카락. 그러나 마녀들의 지식으로 겉모습을 바꾸는 것은 간단한 일이다. 육신이 늙는 속도조차 마법으로 조정하는 가짜 인생이었다. 언젠가 윤정이 그런 말을 한 적이 있다. 팔다리가 너무 쑤셔서 이 몸도 이제 오래 못 쓰겠다고. 갑자기 사라졌다가 다른 모습이 되어, 다른 이름을 쓰는, 다른 사람으로 나타나도 그러려니 하라고. 그때 보라는 아주 가는 찬 바람이 한 자락 귓속으로 들어갔다 반대편으로 나오는 것 같은 느낌이 들었다. 지금 내 앞의 사람이, 소윤정이 예전에는 소윤정이 아니었고 미래에도 소윤정이 아니리라는 사실이 선득했다. 울컥, 그때의 선득함이 서러움으로 피어올라 보라가 코를 훌쩍였다.

"그럼 전 1년을 마친 다음에는 어디 가서 누구한테 배워요?"

아직도 모르는 것이 많은데. 실패하는 일이 많은데. 이제 자신이 일을 배우던 공간마저 사라진다는 게 보라를 두렵게 했다. 윤정은 보라의 얼굴을 보지 않은 채 천천히 택배 상자가 쌓인 쪽으로 걸어갔다. 눈물이 되기 직전의 목소리는 내리눌러 참는 인간의 감정. 윤정은 눈물의 사용처와 효능은 알고 있었지만 마지막으로 실컷 울어 본 게 언제인지는 기억하지 못했다. 자신이 잊은 감정을 가장 격렬하게 느끼고 있을 스무 살 강보라에게서 멀어져야 한다는 생각이 들었다. 아파트 옥상에서 자신의 뒤를 받치고, 앞을 막아서던 보라의 모습에 일말의 안심을 느꼈던 윤정은 자신 또한 이미 보라에게 너무 많이 의지하고 있었음을 인정해야 했다.

'다들 이렇게 엮임을 넘어, 얽히고설키어 한 덩어리가 되어 버렸겠지.'

그래서는 안 되는 일이었다.

"이 도시에 마녀는 더 있어. 지원이나 가야도 훌륭한 마녀야. 네가 물건 심부름을 다녀온 곳에 사는 마녀들도 있고. 너한테 가르침을 줄 선배는 많아."

윤정은 냉정해져야 했다.

"1년을 채우면, 우리 둘이 어디 있든 엮인 관계는 풀려. 그러면 너는 본격적으로 마녀 등록을 하든, 안 하고 무허가 마녀로 살든, 전부 잊어버리든 맘대로 해도 돼."

윤정은 자신의 목소리가 떨리지 않길 바라며 마지막 말을 천천히 혀끝으로 밀어냈다.

"네가 어리광 부려도 되는 시기는 이제 지났어."

어리광이라는 말에 보라의 눈물이 쏙 들어갔다. 그런 마음으로 물어본 게 아니라는 걸 알고 있으면서, 알고 있으니까 자기 얼굴도 못 보는 거면서 어린 애 취급을 하다니 자존심 상했다. 그냥 미안하다고, 너는 잘할 수 있을 거라고 다독여 주면 되는데 윤정이 관계 자체를 거부하려 하니 와락 짜증이 치솟아 올랐다.

그래서 대답을 듣기 어려울 말을 보라는 내뱉어 버렸다.

"그러면 다른 사람이 되고, 다른 삶을 살면서 또 다른 애를 엮으시게요?"

그 답이 긍정이든 부정이든 듣기 괴로울 질문이었다. 윤정이 새로운 아이를 거둔다면 지금 윤정과 자신이 맺은 관계는 과거가 되는지, 소윤정이라는 존재가 사라지듯 없던 게 될지 알 수 없어 괴로웠다. 다른 아이를 거두지 않는다면 정을 떼야만 하는 상황도 아닌데 왜 이렇게 자신에게 매정하게 구냐고 목소리를 높이게 될까 봐 두려웠다. 윤정은 침묵으로 일관했다. 등만 보이던 몸을 앞으로 돌려, 턱이 덜덜 떨리는 보라의 얼굴을 윤정이 마주 보았다. 냉엄한 얼굴이었다.

"나는 네게 내 일을 다 보고해야 하는 존재가 아니야."

윤정은 마음을 한없이 깊은 곳으로 가라앉혔다. 피와 살은 타인에게서 빼앗은 것일지라도 생각과 마음만큼은 오로지 윤정의 것이었다. 그 윤정 고유의 것들로 보라와 가까워지고 싶다는 생각을 떨쳐냈다. 차가운 곳으로 가라앉은 마음이 서서히 식어갔다. 피가 도는 몸에는 열이 나듯 내일이면 또 데워질지 모르는 마음이지만, 그래도 한순간 한순간을 냉정하게 버텨야 둘 다 무사할 수 있을 거라고 속으로 되뇌며 윤정은 깊게 숨을 내쉬었다.

7. 길을 떠나려면 줄을 풀어야 해

윤정도 보라도 '저주의 힘'이 이 동네로 모여드는 것에 신경이 쓰이기는 매한가지였다. 그래서 보라가 마지막이라며 청한 부탁을 윤정은 승낙할 수밖에 없었다. 보라는 '물건이 흘러들어 온다면 물건이 나가기도 할 텐데, 그 저주의 음침함이 최종적으로 누구를 향하는지 알아보는 법을 가르쳐 달라'고 했다.

"그래."

윤정은 고개를 끄덕였다.

"정의감이 들어서가 아냐. 저주의 흐름을 추적하는 내비게이션은 모든 마녀들의 필수품이거든."

윤정은 약장을 열고 보라가 직접 물건들을 꺼내게 했다.

"어디로 저주가 모이는지, 어디에서 저주가 시작되는지 알아내는 방법이야."

보라는 윤정이 시키는 대로 도형이 그려진 가죽 위에 물건들을 놓았다. 동쪽 별에 약초 하나, 서쪽 네모에 동물 가죽. 중앙에 나비 사자의 발톱. 북쪽에는 뱀의 뼈.

"내비게이션이 필수품이긴 하지만 들어가는 게 다 워낙 비싸서 자주는 못 쓰지. 나비 사자 같은 외국 동물 발톱이나 뱀의 뼈 같은 건 유통하는 비용도 꽤 들거든. 그래도 지금은 배우는 단계니까."

윤정은 "물건을 만들기 전에는 희생된 것들에게 예의를 갖춰야 해."라며 향 하나를 피웠다. 그리고 향이 다 타자 이번에는 좀 더 긴 향을 꺼냈다.

"처음 태운 향의 의미가 예의라면 이번 향은 부탁. 저주가 가는 방향을 알려 주겠지."

옆에 펴 놓은 분당구 지도의 한 점으로 연기가 모였다. 이 사무실 위치에 해당하는 곳이었다. 그리고 연기는 사방으로 퍼져 잠시 특정한 위치에 머물렀다. 몇몇 줄기는 지도 밖으로 빠져나가기도 했다. 윤정이 주문을 외우며 작은 단추 하나를 지도 위에 놓았다.

"저주가 한곳으로 향한다면 단추가 움직일 거야."

"안 움직이면요?"

"그냥 사방으로 퍼지고 있는 거지."

향 연기는 힘을 합치듯 하나로 모여 단추를 지도의 한 지점으로 밀어냈다. 사무실에서 백현마을 쪽으로, 탄천을 건너 판교로, 판교에서… 단추는 방향을 틀어 숲 한가운데에서 멈췄다. 지도에는 그저 숲이라고 표시되어 있었지만 보라는 거기가 어디인지 알고 있었다.

김앤장 드림학교였다.

"왜지?"

보라가 고민하는 동안 윤정은 향을 끄고 도구를 치웠다.

"이 이상은 조사할 수 없겠네. 학교의 누가 저주를 받고 있는지 알 수가 없잖아."

지도에 코를 박을 듯한 보라를 흘끔 보며 윤정이 소리 낮춰 말했다.

"딴생각하지 마. 초능력자들과 얽혀서 좋을 거 없어."

"알아요, 그래도!"

보라가 다급하게 고개를 들고 외쳤다.

"우리가 보냈잖아요! 그 물건들을!"

윤정이 무슨 소리냐는 듯 어깨를 으쓱했다.

"우리는 아직 사용되지 않은 저주 물품들을 구매자에게 배달했어. 구매자가 어떤 경로로 드림 학교에 물건을 보냈는지 우리는 알 수 없어."

"그래도…."

윤정의 눈썹 사이에 주름이 졌다.

"우리는 배달하는 사람이야. 구매자도 판매자도 아니야. 보라 너는 자꾸 선을 넘으려고 해. 지난번에 날 따라온 일도, 너에게는 선의였겠지만 마녀 집단 전체 입장에서 보면 마녀의 존재가 노출되기 직전의 위험까지 간 일이었어."

보라는 입안 살을 깨물었다. 맞는 말이었다. 윤정을 추적하며 은신 망토를 썼다 벗었다 하는 바람에, 이 동네에 마녀가 둘이나 산다는 것을 다른 사람들에게 들킬 뻔했다. 마녀 협회에서 징계를 내리지 않은 건, 예비 마녀이기에 봐주는 차원에서 끝냈기 때문이라고 했다. 윤정은 저주의 목적지를 찾는 보라를 절대 도와주지 않을 것임을 확실히 했다.

마녀라면, 그렇게 해야 옳았다. 그것이 살아남기 위해 마녀들이 만든 규칙이었다.

보라는 놀이터에 가서 혼자 그네를 탔다. 끼익끼익, 소리가 처량하게도 울렸다. 아이들이 저녁밥을 먹으러 갔는지 놀이터는 텅 비어 있었다. 보라는 핸드폰을 꺼내 오래전 받은 연락처를 들여다보았다. 미카엘라. 핸드폰을 사자마자 보라에게 문자를 보냈다던 금발 초능력자 꼬마. 지금쯤은 중학생이 되었겠네. 보라는 한동안 미카엘라를 잊고 살았던 자신의 무심함에 혀를 차고는 어쩐지 연락해 보고 싶다는 생각을 했다. 지금 느끼는 고립감을 어쩌면 그 애가 알고 있을 것 같았다. 허공에 뜬 채 잠들어 있던 아이. 무엇이 되어야 할지도 모르던 아이.

보라는 '미카엘라'라는 이름으로 저장된 번호에 전화를 걸었다.

몇 번의 신호음이 들렸고 기억하는 것보다 낮은 목소리가 전화를 받았다.

"보라 누나?"

보라는 오랜만에 대화하게 됐다는 반가움과 그동안 연락하지 않았다는 미안함에 무슨 얘기부터 해야 할지 몰라 목이 꽉 막히는 느낌이 들었다.

"응. 미카엘라 맞지? 목소리가… 변했네."
"변성기래요."

그럴 때가 되었다는 생각을 한 뒤로 한참 동안 침묵이 흘렀다.

'이럴 때가 아닌데.'

보라는 더듬거리며 용건을 말했다.

"그, 너네 학교 있잖아. 학교로 이상한 물건 배달 받는 애들 없어? 어디 자주 아프다거나?"

이게 아닌데. 보라는 너무 앞뒤 없이 얘기했다고 후회하면서 미카엘라의 대답을 기다렸다. 미카엘라는 잠깐 텀을 두다가 대답했다.

"모르겠어요."

있다도 없다도 아닌 대답. 모르겠다니, 전교생이 다 알 정도로 난리 법석이 나진 않은 걸까. 혹 이 애가 힘든 건 아닐까. 보라의 머릿속은 뒤죽박죽이 되어 갔다. 안도하고 싶은 마음과 안도하면 안 된다는 마음이 짧은 순간에도 서로를 치고받았다. 보라는 헛기침을 한 번 하고 입을 열었다.

"있잖아. 혹시 너한테…."

"저기, 누나. 저 지금 누가 불러서요. 나중에 다시 연락해요."

말을 다 하기도 전에 전화가 끊겼다. 아까 모르겠다고 대답하기 전의 침묵이 먹먹했다. 고민이 있는 것 같은데, 무슨 고민이냐고 묻는 것조차 거부당한 것 같은 느낌에 보라는 문자 한 통도 보내지 못하고 고개를 숙였다.

"힘들겠지…?"

중학생 때는 다들 힘드니까, 그래서 그런 거겠

지? 보라는 스스로에게 물었다. 초능력자의 중학교 생활은 더 힘들겠지? 자기가 원해서 초능력자로 태어난 게 아니니까. 그저 초능력이 저절로 생겨난 거니까…. 윤정이 말한 적이 있었다. 강제로 초능력자라는 운명을 받은 아이들은 운명에 적응하고 사람들 사이에 끼어 살기 위해 자기 능력을 조절하는 법을 배운다고. 하지만 마녀는 스스로 마녀가 되겠다고 선택했기 때문에 운명을 직접 고른 셈이고, 무엇을 만들고 팔고 모을지를 자기 의지로 택할 수 있다고. 그렇기에 양쪽의 사이는 항상 좋지 않았고, 적어도 초능력자가 자신의 능력 때문에 괴로워할 때 마녀를 보며 위안을 받을 수는 없을 거라고. 단지 초능력을 가지고 태어났다는 이유로 부모에게서 버림받고, 세상에서 격리되고, 같은 초능력자 사이의 세력 문제로 힘들어하는 경우가 있으니까.

"안 힘들었으면 좋겠다."

보라는 자신이 '한 번 만난 초능력자'가 또 한 명 있다는 것을 기억하지 못한 채, 미카엘라가 힘들지 않기만을 빌었다.

8. 사랑조차 언제나 옳을 수야

보라는 수내역 근처 카페에 앉아 노트북 전원을 켰다. 인터넷 강의를 듣기에 집은 너무 유혹이 많은 곳이었다. 이어폰으로 강의를 하나 듣고 나니 한 시간이 훌쩍 지나 있었다. 필기해 놓은 것을 들여다보다가 보라는 시린 눈을 깜박였다. 필기가 엉망진창이었다. 나 잡생각하고 있어요, 광고하는 꼴이라고 생각하며 보라는 기지개를 켰다.

"손이라도 씻어야겠네."

보라는 카페 안 화장실을 찾아 두리번거렸다. 여자 화장실 앞에는 이미 두 명이 줄을 서 있었다. 동네 중학교의 생활복을 입은 그 두 명은 뭔가를 보며 소리 죽여 떠들고 있었다. 멍하니 벽에 기대어 선 보라에게 아이들의 말이 두서없이 들려왔다.

"아 씨, 일반인 아니다에 1000원 건다니까? 최소 연습생."

"드림학교 문제아들 다니는 덴데, 넌 안 찝찝하냐?"

"뭔 상관이래. 결혼할 거냐? 어차피 다 소문 아냐?"

"됐고 사진 내놓으라고."

둘이 실랑이를 벌이는 가운데 사진이 허공으로 날았다. 사진은 보라의 시야를 잠깐 가리고 발밑으로 떨어졌다. 보라가 허리를 굽혀 사진을 줍고는 눈높이로 들어 올렸다. 사진인 줄 알았는데 사진처럼 여백이 있는 이미지를 A4 종이에 인쇄해 코팅한 것이었다. 게다가 본 적이 있는 얼굴이었다. 그 이후로 키가 자랐고 표정이 밝아지긴 했어도, 금발과 눈동자 색깔이 그대로였다.

"어라?"

바로 얼마 전, 전화를 걸었던 상대의 이름이 무심결에 보라의 입에서 튀어나올 뻔했다. 그때 바로 옆에서 높은 목소리가 보라의 귀청을 찔렀다. 이름을 말하지 않은 건 잘한 일인 것 같았다.

"와, 언니 얘 알아요? 얼마나 알아요?"

보라는 목소리를 무시하고 종이를 뚫어져라 들여다봤다. 운동장 스탠드에 반팔 티, 반바지 차림으로 앉아 있는 옆모습이었다. 코팅지 아래 구석이

우둘투둘한 것이 뒷면에 글자가 적힌 듯해서 보라는 사진을 뒤집었다. 윤세이라는 이름에 빨간 볼펜 줄이 죽죽 그어져 있는 게 보였다. 코팅지 뒷면이 튀어나올 만큼 강하게 그어 놓은 줄이었다. 이 이름의 주인을 보라는 확실하게 기억하고 있었다. 드림학교로 물건을 배달시켰던 여자애였다. 보라가 종이를 줄 생각은 않고 노려보고만 있자 아이 둘이 슬금슬금 눈치를 보다가 목소리를 낮춰 말을 걸었다.

"저어, 그 사진, 저희 건데."
"아, 미안."

보라는 종이를 건네주려다 겁먹은 듯한 두 아이의 눈과 마주쳤다. 얘네가 왜 이런 걸 가지고 있는 거지? 보라는 종이를 든 손을 슬쩍 위로 치켜들며 아이들을 살살 떠보았다.

"아이돌이야? 되게 예쁘네. 내가 아는 애랑 착각할 뻔했다."
"아뇨. 아이돌 아닌데. 그냥 서현동에서 가끔 보이는 앤데, 예쁘길래 페이스북에 올라온 사진 프린트한 거예요."
"아, 진짜?"

그러니까 이건, 얘가 진짜 연예인이라고 치면 사생팬 직찍 같은 건가. 보라는 종이를 돌려주면서도 아이들과 눈을 계속 마주쳤다. 꼴찌는 티브이도 못 보게 하고 핸드폰도 못 갖게 하는 빡빡한 학교의 학생 사진이 페이스북에 올라갔다니. 이상한데. 애초에 초능력자 사진이 막 돌아다녀도 되는 건가? 그리고 윤세이는 또 왜 '표적' 취급을 받고 있는 거지. 미카엘라 친구인가? 화장실 문이 열리는 소리에 보라는 정신을 차렸다.

"어, 언니 먼저 쓰세요."

양보를 받은 보라는 고맙다는 인사로 고개를 숙여 보이고 화장실 문손잡이를 잡았다. 그러자 뒤에서 질문이 날아왔다.

"근데 언니 얘 진짜 모르세요? 혹시 이름이라도 아시면 저희한테 좀…"

아무래도 실수한 것 같았다. 아니, 내가 알든 말든 일반인 사진을 가져다가 무작정 어디 올리고 프린트하고 그래도 되나? 안 되지 않나? 보라는 시침을 떼기로 했다. 이왕이면 마녀 식으로 암시를 좀 섞어서.

"내가 뭘?"

아이 둘의 눈동자가 흔들렸다. 암시에 걸렸다. 보라는 핸드폰을 꺼내며 물었다.

"이 사진 올라온 페북 클럽 이름 뭐야?"

페이스북에서 클럽 '갓반인 보관함'을 검색하고 보라는 화장실에 들어갔다. 손을 씻으며 문틈 새로 흘깃 아이들의 얼굴을 보니 미미하게 일그러져 있었다. 이름을 물어본다는 건 누군지 모른다는 건데, 그런 사람 사진을 돌려 봐서 어쩌겠다는 건지 보라는 따지고 싶었다. 하지만 보라는 자신에게 그럴 자격이 있는지가 의심스러웠다. 화장실을 나와 노트북이 있는 자리로 돌아온 보라는 까득, 손톱을 깨물었다.

갓반인 보관함 페이스북 페이지에 미카엘라의 사진은 세 장 올라와 있었다. 가장 처음으로 올라온 사진은 인화된 사진을 패스트푸드점 테이블 위에 놓고 찍은 듯 빛번짐이 남아 있었다. 그 빛번짐은 아까 화장실 앞에서 본 이미지에도 그대로 남아 있었다. 그다음으로 올라온 두 장은 누가 봐도 모델의 동의를 받지 않은 불법 촬영물이었다. 모자를 눌러쓴 미카엘라가 여자애와 걷고 있는 모습 하나, 줌으로 당겨 찍은 것처럼 해상도가 나쁜, 패스트푸드점에서 미카엘라가 여자애와 뭔가를 이야기 중인 사진 하나. 클럽 게시물로 올라온 사진 속 그 여자애의 얼굴은 까맣게 칠해져 있었지만 구글링으로 금방 원본 사진을 찾아낼 수 있었다. 치켜 올라간 눈매에 머리카락을 뒤로 묶어 훤히 드러난 얼굴도 미카엘라와 마찬가지로 보라가 아는 얼굴이었다. 윤세이. 자신의 손을 잡고 안마 초능력을 써 주겠다고 했던 그 애.

어떻게 해야 할까. 보라는 고민했다.

보라는 미카엘라에게 그냥 아는 누나일 뿐이었다. 미카엘라의 사진을 갖고 다니는 저 아이들에겐 그것만 해도 화젯거리일지 모르지만, 보라가 미카엘라의 문제로 훈계를 할 입장은 아니었다. 저 아이들의 부모도 친척도 아닌 사람이 대체 무엇을 할 수 있는지 보라는 스스로에게 물었고 '그런 일은 없다'는 말을 돌려주었다. 그러나 언제나 그랬듯, 마음 안의 접속사 하나가 보라를 잡아끌었다.

'하지만'. 윤정의 일에도 보라는 멋대로 끼어들었다. 드림학교로 가는 저주 물품들과 미카엘라는 상관이 없을 수도 있었다. 하지만 보라는 알고 싶었다. 저주의 행방을. 예쁘다고 저주를 하진 않았을 텐데, 그렇다면 그 저주는 누가 받는 건지. 지금 보라가 떠올릴 수 있는 이름은 단 하나였다. 마녀 강보라로서 만났던 사람의 이름이 수없이 많은데도 드림학교와 미카엘라, 저주 물품을 이을 수 있는 이름은 윤세이 하나였다.

보라는 핸드폰으로 미카엘라에게 메시지를 보냈다.

[윤세이라는 애 알아?]

답장이 안 오면 어쩌지, 고민할 시간도 없이 수신음이 울렸다.

[제 첫 번째 친구예요. 왜요?]

처음 만났을 때의 미카엘라를 떠올려 보면 첫 번째 친구라는 타이틀에는 분명히 소중함이, 무게가 담겨 있을 터였다. 게다가 여자애. 아직 조각이 턱없이 부족한 퍼즐이지만 어슴푸레하게 알 것 같았다. 사랑은 언제나 옳은 게 아니다. 사랑하는 마음은 타인을, 자신을 다치게 할 수 있었다. 미카엘라를 향한 페이스북 클럽의 댓글들은 사랑에 가까웠지만 그 안에는 윤세이라는 이름에 대한 증오도 있었다. 아마도 그것이 이 사건을 푸는 열쇠가 되리라.

그리고 열쇠는 폭발물이 된 윤세이와 함께 모습을 드러냈다.

그 초능력자들의 사춘기

1. 손 안 대고 사고 치기

- 4월, 윤세이 폭발 6주 전

결은 인하를 어떻게 말려야 할지 고민하다가 포기했다. 그래, 첫사랑이 짝사랑일 수 있다. 하지만 왜 하필 그 사람이란 말인가. 결은 주머니에 항상 들어 있는 주먹만 한 크기의 금속 상자를 더듬었다. 결의 초능력은 염사였다. 카메라 없이 상상한 이미지를 그대로 인화하는 초능력. 인하에게 생일 선물로 뭐든 해 주겠다고 약속을 했으니 당연히 이번 부탁도 들어줘야 했다.

하지만 초능력자, 김앤장 드림학교 학생들의 사진 유출은 금지되어 있다. 그래서 그 흔한 학교 커뮤니티도 없다.

그런데 그… 아니, 왜 하필.

결은 자신의 앞쪽 의자에 걸터앉은 인하의 등을 쿡 찔렀다. 인하가 뒤를 돌아보았다. 결은 한숨을 길게 내쉬고 입을 열었다.

"꼭… 사진이어야 해? 아니, 꼭 그 선배여야 해?"
"응!"
"왜?"
"잘생겼잖아!"

그건 그렇지. 결은 머릿속으로 인하가 '염사'해 달라고 줄기차게 부탁하는 선배의 얼굴을 떠올렸다. 중등부 2학년, 미카엘 라 르블랑. 초등부 때는 미카엘라라고 불렸지만 지금은 거기서 더 줄어든 '미카'라는 이름으로 더 많이 불렸다.

어스름한 어느 저녁, 노을에 붉게 물들어 가는 금발과 무언가에 집중하던 얼굴. 운동장을 달리는 미카 선배를 보고 인하는 첫눈에 반해 버렸다.

"잘생기긴 했지. 하지만 키도 작고 그 선배 중2병이라고. 쓸데없이 폼 잡다가 갑자기 날뛰었다가. 그런 선배가 어디가 좋냐?"

인하는 결의 질문에 환하게 웃으며 대답했다.

"얼굴! 사진엔 인성이 안 찍혀!"
"네 능력이 염사였다면 차라리 나았을… 아니다. 그랬다간 이미 난리가 났겠지."

"비슷하지만 다르잖아."

"그게 문제야."

인하는 결이 사진 한 장만 건네줘도 얼마든지 사본을 만들어 낼 수 있었다. 인하의 능력은 '이미지를 보고 크기에 관계없이 똑같이 그리는 것', 일명 복사기였다. 하지만 움직이는 것은 그리지 못하기 때문에 능력을 발휘하려면 정지한 대상이 필요했다. 사진이라거나 그림이라거나. 그리고 '베껴 그릴 수 있는 것'을 결은 인하에게 줄 수 있었다.

"알았어. 딱 한 번만이야. 이번에 염사했는데 이상하게 나와도 나는 인화지 두 장 못 써. 이거 한 장 빼돌리려고 얼마나 애썼는데."

초능력자의 사진이 유출되는 것을 방지하기 위해 결의 인화지는 학교 차원에서 엄격하게 관리되고 있었다. 초등학교 5학년 학생으로서는 노리고 노려서 어찌어찌 작은 인화지 한 장을 빼돌린 것이 최선이었다. 이것만 걸려도 중징계를 받을 게 뻔했다.

"시작한다."

결은 주머니에서 금속 상자를 꺼냈다. 안에는 손바닥만 한 인화지 한 장이 들어 있었다. 상자를 연 결은 인화지를 확인하고, 큰 숨을 들이쉬고, 상자를 닫았다.

결은 운동장 스탠드에 앉아 있던 미카엘라의 모

습을 떠올렸다. 염사를 하려면 먼저 대상의 모습을 정확히 기억해야 했다. 운동을 마치면 늘 같은 시각에 운동장 스탠드에 앉아 있는 미카엘라의 모습을 관찰하는 건 어렵지 않았다. 결은 '왜 내가 그 선배 모습을 기억해야 하나'라는 울컥한 마음이 들었지만 염사 중이라는 사실을 다시 떠올리고 마음을 가라앉혔다. 눈을 감으면 선연하게 그려졌다. 이미 땅거미가 진 뒤라 어둠이 내리는 운동장 스탠드에서 숨을 고르던 모습. 그리고 고개를 옆으로 돌려 환하게 웃으며 누군가와 대화하는 모습. 그 웃음을 인화하기 위해 결은 집중했다.

집중력을 있는 대로 쓴 결이 탈진할 지경으로 쌕쌕거리는 동안 사진이 인화되었다. 결이 금속 상자를 여니 인화지에는 반팔 티, 반바지 차림으로 웃고 있는 미카엘라가 찍혀 있었다. 결은 사진을 꺼내 인하에게 건넸다.

"잃어버리지 마. 웬만하면… 복사하지도 말고."

"왜 복사도 하면 안 돼?"

"복사본이 남의 손에 들어가면 그게 누구 짓인지 안 들킬 거 같아?"

결의 퉁명스러운 목소리를 건성으로 들으며 인하는 사진을 노트 사이에 끼웠다.

최고의 선물이었다.

서현역 근처에서 어떤 무리를 만나기 전까지는.

“아, 진짜 얼굴은… 얼굴은 내 취향인데.”

인하는 서현역 앞 패스트푸드점에서 사진을 베껴 그리고 있었다. 연필로 한 스케치라는 점만 다를 뿐, 사진 속 형상과 똑같은 이미지가 고스란히 노트로 옮겨졌다. 작게 한 장, 크게 한 장, 원본 사진과 비슷한 크기로 한 장. 콧노래를 부르며 초능력을 사용하던 인하는 아직 모르고 있었다. 옆자리에서 인하보다 서너 살 많아 보이는 아이들이 계속 인하가 그리는 그림과 인하가 갖고 있는 사진을 주시하고 있었다는 걸.

이만하면 되겠지. 사진을 여러 장 베껴 그린 인하는 콧노래를 부르며 패스트푸드점 밖으로 나왔다. 인하의 옆자리에 있던 아이들이 눈짓을 주고받더니 인하를 따라 내려갔다.

‘코인 노래방 가야지.’

룰루랄라, 마냥 즐거워하던 인하가 옆자리 아이들이 누군지 알게 된 건 오락실이 있는 건물 계단에서였다.

“저기, 너 아까 그림 그리던 애 맞지?”

중학교 3학년? 2학년? 인하보다 반 뼘은 커 보이는 아이들 셋이 인하를 둘러쌌다. 인하는 무언가 이상하다고 느꼈다. 그리고 뭔가 잘못됐다고도. 인하는 도망칠 구멍을 찾았지만 셋이 앞과 좌우를 둘러싸고 벽으로 인하를 몰아넣으니 틈이 보이지 않았다. 인하는 용기를 쥐어짜 대답했다.

"왜, 왜…요?"

한 아이가 생긋 웃었다.

"그림 너무 잘 그리는 게 신기해서. 너 가방 좀 열어 볼래?"

인하는 직감했다. 지금 이건 협박이다. 그렇지만 자신의 초능력은 협박을 당하는 상황에선 아무 도움이 되지 않았다. 나중에 이 언니들 사진을 구해서 몽타주라도 그리게 된다면 또 모를까. 인하는 주머니 속을 더듬다 손에 잡히는 물건을 꼭 쥐었다.

방범 벨이었다.

초능력자라고 해도 애들이라, 자꾸 어디선가 맞고 다니고 돈을 뺏기는 사례가 꾸준히 나왔다. 그렇다고 번화가에 가지 말라며 팍팍한 기숙사 생활을 견디게 해 주는 여가 활동에 초를 칠 수도 없는 노릇. 학교에서는 방범대를 만들고, 외출하는 아이들에게 방범 벨을 나눠 주었다. 인하는 벨을 꼭 쥐면서 생각했다. 이걸 누르면 가장 가까운 초능력자 방범대에게 신호가 갈 것이다. 그러나 인하가 주머니에 손을 넣고 움직이자 말을 걸었던 아이가 인하의 종아리를 운동화 신은 발로 툭, 건드렸다.

"어…."

들켰나? 들켰어도 무슨 상관이람. 슬쩍 인하가 고개를 드니 아이는 인하 쪽으로 손을 내밀고 엄지와 검지를 가볍게 문질렀다. 파직, 소리가 났다.

전기가 튀었다.

"많이 따가울 텐데."

아이는 여전히 웃는 얼굴로 인하를 보았다. 인하는 겁에 질려 가방을 내려놓았다.

'학교에선 이런 경우가 있다는 말은 못 들었는데.'

초능력자 불량배라니. 세상에 이런 게 어디 있어. 게다가 우리 학교 학생도 아니잖아.

인하를 협박한 아이가 인하를 붙잡아 두는 동안 나머지 둘이 인하의 가방을 뒤졌다. 연습장 사이에서 미카엘라의 사진을 발견한 둘이 키득키득 웃었다.

"맞네. 아까 그림이랑 진짜 똑같다."
"애 예쁘네."

둘 중 한 명이 사진을 자신의 지갑 속에 넣었다.

"잠깐만요, 그건…!"
"왜? 사진 하나 주는 게 그렇게 아까워?"

사진을 빼앗은 아이가 킥킥거렸다.

"그림 잘 그리잖아~ 아까 보니까 똑같이 그렸던데. 이건 우리 주는 거다. 응?"

잃어버리면 안 되는데. 절대 안 되는데. 저건 내 보물인데. 인하가 무어라 말하기도 전에 맞은편에 선 아이가 한 번 더 가벼운 전기충격을 일으켰다.

"너도 초능력자지?"

인하는 울기 직전의 얼굴로 고개를 끄덕였다.

"사진만 뺏긴 걸 다행으로 알아. 그래도 인심 써서 그림은 안 가져갈게."

말을 끝낸 아이는 인하의 종아리를 강하게 찼다. 인하가 작게 비명을 지르며 자리에 주저앉았다.

셋은 뒤에 남은 인하를 돌아보지도 않고 떠났다.

방범 벨을 울릴까, 인하는 뒤늦게 생각했지만 이내 눈을 꾹 감고 고개를 저었다. 방범대가 오면 뭘 빼앗겼는지 말해야 하는데… 혹시라도 자신이 미카 선배의 사진을 갖고 있었던 걸 들키면? 사진을 결이가 인화해 줬던 걸 들키면? 종아리 차이고 사진 뺏기는 거보다 더 큰 벌을 받을 게 뻔했다. 차라리 사진을 뺏긴 게 다행이라고 인하는 자기합리화를 시도했다.

물론 그 자기합리화는 학교로 돌아오자마자 박살 났다.

"으허어어엉, 결아!"

기숙사로 가다가 결과 눈이 마주치자마자 인하의 울음보가 터졌다. 결은 깜짝 놀랐지만 일단 침착하게 인하를 사람이 없는 구석으로 끌고 갔다.

"뭐야, 무슨 일이야? 왜 울어?"
"네가 준 사진… 어허어어어엉…."

결은 머리가 찌릿하게 아파 왔다. 그 사진 때문에 뭔가 일이 터졌구나. 울음을 그치도록 인하를 달래며 결은 '어떻게든 거절했어야 했다'고 자기 자신을 책망했다. 인하는 훌쩍이며 서현역에서 있었던 일을 털어놓았다. 결은 인하를 원망 섞인 얼굴로 노려보았다.

"사람들이 다 보는 데서 스케치를 했다고? 내 초능력에 네 초능력까지 세트로 알려 줄 일 있어?"
"그치만 학교 안에서 그릴 수도 없잖아?"

그거야 그렇지. 미카 선배 사진을 보고 그리다가 들키기라도 하면 교칙을 몇 개나 위반했다고 걸리게 될지 모를 일이었다. 하지만 학교 밖에서 그렸다 해도 교칙을 줄줄이 위반한 건 마찬가지다. 학교 비품인 인화지 무단 반출, 학교 측 동의 없는 위험한 초능력 사용, 초능력 물품을 무단으로 가지고 외출, 게다가 사람들이 있는 곳에서 초능력 시연에… 학생 사진까지 뺏기다니.

"아, 몰라! 근데 그 사진 뺏어 간 언니? 그 사람들도 초능력자야?"

"한 명은 확실히 초능력자였어."

"방범대 말이 진짜였네… 초능력자 양아치라니, 대체 뭐야…."

인하는 필사적으로 변명했다.

"그치만 그, 그 나쁜 언니들한테도 규칙은 있을 거 아냐! 그냥 사진 서로 돌려 보고 끝일 거야. 그렇지?"

어림도 없지.

미카엘라의 사진은 '갓반인 보관함'이라는 페이스북 커뮤니티에 올라갔다. 원본 사진 자체의 화질이 염사 능력의 특성상 조금 나빴고, 인화지를 핸드폰 사진기로 한 번 더 찍었는지 이미지가 그리 뚜렷하진 않았는데도 미카엘라가 어떻게 생겼는지는 똑똑히 알 수 있었다. 아무튼 예쁘면 그만이지. 갓반인 보관함은 열정적인 활동가가 그렇게까지 많은 곳은 아니지만 새 사진이 뜨면 모델의 신상 명세를 확보해야 한다는 암암리의 철칙 정도는 가지고 있었다. 아무리 아름다운 그림이라도 제목이 없으면 허전하지 않냐는 이유로.

혹시 몰라 인터넷 모니터링을 하던 결은 갓반인 보관함에서 미카엘라의 사진을 보고 소리 없이 속으로 비명을 질렀다. 두어 주가 지나자 사진 밑에는 댓글이 달렸다. 이름은 모르지만 아마 드림학교에 다닐 거고, 나이는 중학생 정도. 드림학교 학생이면 매주 휴일 일정 시간대에 외출. 서현역 근처에서 봤다는 사람들이 나타났다.

하지만 불씨는 엉뚱한 데로 튀었다. 갓반인 보관함에 올라온 사진의 주인공은 보통 일반인인 만큼, 사진 한두 장은 몰래라도 더 찍을 수 있는 게 보통이었는데 미카엘라의 단독 샷은 구할 수가 없었다. 항상 곁에 윤세이가 있었다.

초등학교에서 만났으니 중학교 2학년이 된 시점에는 사이가 좀 갈라질 만도 했지만 윤세이는 결코 미카엘라를 버려두지 않았다. 다른 아이들처럼 미카라고 부르는 대신 미카엘라라고 꿋꿋하게 부르는 것도 그대로였다. 정확히는 윤세이만 '미카엘라'라는 호칭을 허락받았다는 게 맞는 얘기였다. 다른 사람이 그렇게 부르면 미카엘라는 인상부터 썼다. 제어력이 꽤 나아진 '화염-염동력자'를 만만하게 볼 수 있는 사람은 없었다.

강한 힘을 가진 미카엘라를 세이는 못 미더워했다. 혼자 다니도록 몇 번 놔뒀더니 어디 가서 핸드폰 번호를 따이고 오질 않나, 열받는다고 오락실에 가더니 염동력을 실어서 미트를 치는 바람에 펀치기계를 고장 내질 않나. 외출할 때마다 미친 병아리를 고양이 소굴로 보내는 마음으로 기다리느니 차라리 같이 다니는 게 나았다. 둘이 하도 붙어 다니니 놀릴 마음도 들지 않는지 학생들은 '미카 옆엔 윤세이'라는 법칙에 대부분 수긍했다.

미카엘라에게 관심을 가진 애들에게 윤세이는 골칫거리였다.

혼자 있는 사진을 찍거나 뭘 좀 더 알아보려고 해도 항상 눈매가 사나운 윤세이가 곁에 붙어 있으니, 갓반인 보관함의 미카엘라 사진은 거의 늘어나질 않았고 신상 정보도 더 올라오지 않았다. 올라온 것은 미카엘라와 윤세이가 같이 아이스크림을 먹으며 서현역 앞에 앉아 있는 사진 한 장이 전부였다.

사랑이 미움으로 변하든, 짜증이 사냥감을 찾든, 해결되지 않은 인간의 감정은 다른 곳을 향해 움직이는 게 순리였다. 갓반인 보관함의 짜증은 윤세이에게로 향했다. 누군가 미카엘라와 함께 있는 윤세이 얼굴에 낙서한 사진을 올린 것이 신호탄이 되었고, 윤세이의 신상이 미카엘라 대신 털렸다.

벌레 넣은 편지, 찢긴 자신의 사진이 들어 있는 봉투, 죽은 햄스터가 든 상자가 배달되어 오자 윤세이의 스트레스 지수는 점점 올라가기 시작했다.

"다들 이렇게나 할 일이 없어?"

화를 꾹꾹 눌러 참으며 윤세이는 땅에 구멍을 파

고 죽은 햄스터를 묻었다. 윤세이 마음속의 흘러넘치는 짜증과 갈 데 없는 원망이 미카엘라의 눈에도, 교사인 유월의 눈에도 보였다. 저대로 계속 마음을 가둬 두다가는 틀림없이 무슨 일을 저지를 텐데. 스트레스를 풀어 줘야 하는데. 고민 끝에 유월은 '방범대'를 떠올렸다. 인하가 주머니 속 호출 장치를 작동시켰다면 달려왔을 아이들. 초능력자로부터, 혹은 다른 학교의 불량 학생으로부터 드림학교 아이들을 지키는 자치 단체.

문제는 그 단체의 담당 교사, 신성환이 미카엘라를 싫어한다는 점이었다.

그리고 미카엘라는 윤세이가 방범대에 들어간다면 자신도 무슨 수를 써서든 들어갈 참이었다.

2. 방범대에 폭탄 넣기

"안 됩니다."

윤세이와 미카엘라의 방범대 신청서를 유월이 내밀었을 때 신성환은 단칼에 거절했다. 유월이 이맛살을 찌푸렸다.

"두 학생 모두 능력도 있고, 방범대에 들어갈 수 있는 나이잖아요. 게다가 신 선생님도 아시다시피 지금 윤세이 학생 상황에서는…."

"몸을 사리며 학교 안에 있을 학생이 아니니 아예 방범대에 넣자 이겁니까?"

"그런 마음이 없지는 않아요."

신성환은 미카엘라 몫의 신청서를 팔락팔락 흔들었다.

"윤세이 학생이 방범대 시험을 보는 건 말리지

않겠습니다. 하지만 미카엘 학생은… 자기 초능력에 비해 제어력이 너무 미약해요. 염동력에 화염이라는 위험 초능력을 가진 학생이 자기 힘도 제어를 못 하는데, 방범대 시험을 보게 한다고요?"

신성환이 혀를 쯧 찼다.

"게다가."

유월은 자동적으로 목을 움츠렸다.

"이 모든 일의 원인이 미카엘 학생에게 있다는 생각이 듭니다만."

유월은 작게 한숨을 쉬었다.

"하지만 윤세이 학생만 혼자 넣어도 미카엘라는 어떻게든 따라다닐 거예요. 그럴 바에는 방범대 도구를 착용하게 하는 편이 낫지 않나요."

"미카엘라라고 부르시는군요."

"… 미카엘이요."

유월은 방범대 도구가 어떤 역할을 하는지 알고 있었다. 방범대원 두 명이 짝지어 '버디'가 되면 여러 가지 도구를 착용하게 된다. 팔찌, 반지, 넥밴드와 배지 등. 버디의 특수한 점은 '서로의 초능력을 공유할 수 있다'는 것. 무제한 공유는 불가능하고 여러 가지 제약도 있지만 한 가지는 확실했다.

"미카엘라, 아니 미카엘이 방범대를 상대하는 것

보단 방범대가 되는 게 훨씬 낫겠죠. 게다가 이 시끄러움은 애초에 미카엘…이 원해서 일으킨 것도 아니고요. 휴일에 서로가 어디서 돌아다니는지 모르는 채로 보내는 것보단 둘 다 실시간 추적기를 차고 상대방 위치 확인하면서 서현역 주변을 다니는 게 안전하잖아요."

게다가 윤세이가 방범대 신청서를 쓴 이유는 미카엘라가 같이 들어가자고 설득했기 때문인걸. 유월은 그 말은 입 밖으로 내지 않았다. 곧 방범대 선발 시험이 실시되었고, 둘은 간신히 합격했다. 응시생 평균보다는 현저히 낮은 점수였지만 불합격선은 아슬아슬하게 넘겼다.

"찐따 둘이 들어왔네."

방범대 아이들은 '통제 불능 콤비'를 걱정 반, 짜증 반으로 받아들였다.

"그럼 너네 둘이 서현역 AK플라자 기준으로 서쪽 뒤 맡아. 코노랑 닭갈빗집 있는 데, 알지?"

찐따 겸 통제 불능 콤비에게는 가장 일이 많은 곳이 배정되었다. 하긴 뭐 어쩌랴. 방범대라고 해도 결국은 중고등부 아이들일 뿐이다. 귀찮은 일은 피하고 싶었을 터였다. 넥밴드와 팔찌를 착용하고 옷깃에 배지까지 단 윤세이는 으르릉거리며 맡은 구역을 쏘다녔고, 모자와 마스크로 얼굴을 가린 미카엘라가 그 뒤를 예전처럼 졸졸 따라다녔다.

"세이야."
"왜."
"천천히 걸어. 누구 잡아먹으러 가는 줄 알겠다."
"신경 꺼."

담배를 피우던 사람들과 주차장 앞에 서서 시시껄렁한 잡담을 하던 사람들이 슬쩍슬쩍 둘을 쳐다보았다. 미카엘라는 머리가 아파 오는 걸 느꼈다. 자신의 통증이 아니라 윤세이의 통증이 팔찌를 타고 복사된 거였다. 평소 같으면 자신의 감각을 다른 사람이 느끼지 않도록 스스로 제어했을 텐데. 대체 얼마나 화가 난 거야. 미카엘라는 일정 거리를 두고 윤세이의 뒤를 쫓았다. 좁은 골목길 앞을 지나갈 때, 삐- 소리가 나면서 반지에 진동이 왔다.

호출 신호였다.

윤세이도 걸음을 멈췄다.

윤세이와 미카엘라가 신호를 받았다는 건 이 근처에 있는 학생이 위험 상황에 처했다는 뜻이었다. 미카엘라가 주변을 살피려고 눌러쓴 모자를 들어 올렸을 때, 윤세이가 미카엘라를 밀치며 골목으로 뛰어 들어갔다.

"야, 꺼져!"

윤세이의 목소리가 짜랑짜랑 울렸다. 사람 둘이 간신히 지날 만큼 좁은 골목길이었다. 초등부로 보이는 아이 하나와 그보다 대여섯 살은 더 먹어 보이는 두 명이 서 있었다. 그 둘은 명백히 미카엘라나 윤세이보다 나이가 많았다. 윤세이가 울먹이는 초등부 아이를 골목 밖으로 밀쳤다.

"아악! 윤세이!"

미카엘라가 비명을 지르며 아이를 쫓아 골목 밖으로 달렸다. 애를 도와줘야지 밀면 어떡하라는 거야! 다행히도 아이는 크게 다치지 않았는지 울상만 짓고 있었다. 미카엘라는 안도의 긴 숨을 내쉬며 아이의 어깨를 툭툭 쳤다.

"어두운 골목 들어가지 말고, 환한 데로 다녀."

아이가 알겠다고 대답하자 미카엘라는 바로 다시 골목으로 뛰어들었다.

그리고 거기서 본 것은, 생각보다 더 본격적인 난장판이었다.

"윤세이!"

윤세이가 자신보다 머리 하나는 큰 사람에게 일방적으로 달려들고 있었다. 다른 한 명이 어떻게든 윤세이를 떼어 내려고 뒤에서 애를 쓰는데도 용케 잡히지 않았다. 윤세이가 미카엘라의 힘을 전혀 빌리지 않고 순수한 자기 능력으로만 펼치는 마구잡이 격투였다.

"쪼끄만 게 진짜!"

상대가 윤세이를 휙 밀쳤지만 되려 자신이 벽 쪽으로 밀려 나갔다. 윤세이의 특기, 감각 전달. 자신을 민 힘을 그대로 되돌려 준 거였다. 저 능력으로 메뚜기 떼도 잡았었지. 미카엘라는 이 싸움을 말려야 하나 저기 끼어들어야 하나 고민하다 이 상황의 이상한 점을 깨달았다.

'안 놀란다?'

윤세이를 떼어 놓으려다 되려 얻어맞은 쪽도, 윤세이를 밀치다가 자기가 튕겨 나간 쪽도 전혀 당황한 기색이 없었다. 보통은… 이런 상황이 생기면 당황해서 도망가지 않나? 한쪽이 다시 윤세이의 머리채를 잡기 직전, 미카엘라는 자기 손의 온도를 높인 다음 상대방의 손을 낚아챘다.

"뭐야, 씨! 야, 얘도야!"

얘도?

미카엘라가 멈칫한 사이 상대가 붙잡혔던 손을 뿌리쳤다. 미카엘라는 날아오는 주먹을 어깨로 받아냈다. 시큰거리는 통증과 함께 뻐근할 정도의 냉기가 밀려왔다. 미카엘라의 놀란 눈이 상대를 향했다.

상대가 주먹을 살짝 뒤로 뺀 채 한 걸음 물러섰다.

"초능력자?"

미카엘라가 멍하니 중얼거렸다. 상대가 윤세이와 치고받고 있는 쪽을 뜯어말렸다.

"드림학교 애들이야. 야, 가자."
"에이 씨, 이쪽에도 방범 도네."

둘은 침을 바닥에 뱉더니 가운뎃손가락을 치켜올려 보이고 골목을 나갔다.

"뭐! 야, 이리 안 와?"

오히려 열받은 개처럼 으르렁대며 날뛰는 건 윤세이였다. 미카엘라가 윤세이의 옷깃을 잡아당겼다. 어쩐지 평소보다 윤세이의 몸이 뜨거웠다. 돌아보는 윤세이의 눈에는 분노가 아닌 이상한 기운이 깃들어 있었다.

'뭐지?'

미카엘라는 흠칫하면서도 태연함을 가장하며 윤세이를 말렸다.

"그만해. 그만."

진정하라면서 6학년 때 그날처럼 안아 줄 수라도 있으면 좋으련만. 지금의 미카엘라나 윤세이나 그러기에는 너무 자라 버렸다. 윤세이가 가쁜 숨을 고르자 미카엘라는 벽에 몸을 기댔다.

"시원해?"

미카엘라의 물음에 윤세이가 고개를 들었다. 평소와 같은 눈이었다.

"… 뭐?"
"치고받고 난리 났잖아."
"어? 그러고 보니 왜 이렇게 몸이 쑤시냐…."

기억을 못 하는 건가? 미카엘라는 찜찜한 마음을 감추며 세이에게 말했다.

"돌아가자."

방범대 활동을 끝내고 학교로 돌아온 둘은 선생님에게 약간의 잔소리를 들었다. 호루라기 소리만 듣고도 물러날 애들이었을지도 모르는데 왜 굳이 험하게 싸웠느냐는 타박이었다. 신성환이 '앞으로는 주의 좀 하라'고 훈계를 한 뒤 나가자 유월이 방범대실 안으로 고개를 들이밀었다.

"할 만해?"

미카엘라가 떨떠름하게 웃었다.

"스트레스 풀라고 집어넣으셨어요?"

유월이 방범대실로 들어와 반문하는 윤세이의 어깨를 주물렀다.

"그건 아니지만, 나쁜 선택은 아니었다고 봐."

"근데 좀 이상하긴 했어요. 싸운 기억이 날아갔다고 해야 하나, 없어졌다고 해야 하나. 원래 방범대 애들은 다 그런가요?"

유월이 윤세이의 말에 슬그머니 손을 멈췄다. 윤세이의 옷 안쪽에서, 피의 흐름이 만들어 내는 박동이 느껴졌다. 그리고 어두운 기운이 미미하게나마 감지됐다.

'요즘 윤세이가 받은 쓰레기들이 저주 아이템이었나?'

유월은 손가락에 힘을 주어 어두운 기운을 임시로나마 몰아냈다.

"너무 신나게 싸웠나 보다. 다음부턴 작작 해."

며칠 후, 미카엘라는 차라리 자신도 윤세이처럼 스트레스를 풀 수 있으면 좋겠다고 생각했다. 수화기 너머에서는 아버지의 목소리가 넘어오고 있었다.

"미카엘, 내 말 듣고 있니?"

"듣고 있어요."

중요한 용건은 이미 일방적으로 전달받은 후였다.

"어머니랑 헤어지시겠다는 거잖아요."

"그렇게 되었다. 더 일찍 말을 못 해 미안하다만."

"미안하다면 어떻게든 미리 연락을 하시지 그러

셨어요.”

미카엘라는 기숙사 침대에 앉아 창에 비친 자신의 모습을 보았다. 처음 핸드폰을 샀을 때보다는 훌쩍 자랐지만 그래도 여전히 키 작은 어린애. 어린애. 어린애. 가족이 찢어지고 변해도 손 하나 쓸 수 없는.

“제가 뭐 할 일은 없나요?”
“없다. 일이 생기면….”

미카엘라는 무릎을 세우고 앉아 창밖을 보다 문득 말했다.

“제가 보고 싶었던 적이 있으세요?”

전화는 대답 없이 끊겼다.

몇 분이나 지났을까. 손에 쥔 핸드폰이 차갑게 식어 갔다. 검게 변한 화면을 미카엘라는 한참 들여다보았다.

“왜 하필 지금이에요.”

진심으로 원망을 담아 미카엘라는 말했다.

“왜 내가 양쪽 모두에게 아무것도 못 하게 만들어요.”

아버지의 탓도, 어머니의 탓도 아닌 걸 아는데요. 그래도 왜 이런 때. 불행은 겹쳐 온다더니, 그 말을 이렇게 실감하고 싶진 않은데.

"세이가 지금 많이 힘들단 말예요."

들을 사람이 없다는 걸 알면서도 꺼진 핸드폰에 대고 미카엘라는 중얼거렸다.

자신 때문에 세이가 힘들어한다는 건 온 학교 애들이 알고 있었다. 그래서 조금이나마 세이에게 도움이 되고 싶었다. 방범대에 들고, 늘 세이의 곁에 있었다. 그러나 그런 선택이 오히려 역효과를 내는 건 아닐까 문득 불안해질 때가 있었다. 그 선 위에서 아슬아슬 버텨 왔는데.

'너무하다.'

눈물은 나오지 않았지만 조금 울고 싶었다.

3. 악성 개인 팬

윤세이는 의아했다. 그리고 화가 났다. 자신이 인터넷 커뮤니티 어딘가에서 불링의 대상이 되고 있다는 건 알았다. 그리고 그 원인이 미카엘라와 함께 다니는 유일한 사람이기 때문이라는 것도 알았다. 하지만 왜? 왜 이렇게까지 사람을… 미워하지? 그 사람들은 자신을 보았을지 모르지만 자신은 그 사람들이 누구인지 알지도 못하고, 의미 있는 만남을 가지지도 않았다.

그림자 안에 갇힌 기분이었다.

발신자가 숨겨져 있는 이상한 택배들. 그건 일단 차단할 수 있었다. 윤세이는 자신의 부모님이나 자신이 시킨 택배 외에는 받지 않겠다고 관리실에 말해 놓았다. 그렇게 해서 택배 테러에서는 벗어났다. 비록 관리실 선생님이 귀찮은 일을 맡게 되긴 했지만 윤세이는 자기 마음의 평화를 우선해야 할 만큼 절박했다.

초등부 아이 둘이 찾아와서 겁먹은 얼굴로 "언니 사진이 인터넷에서 돌아다녀요."라고 말했을 때도 그러려니 했다. 그것이 악성 합성물이든, 훼손된 사진이든 자신은 신경을 끊을 수 있었다. 어차피 초능력자로 살기 시작한 때부터 타인의 이상한 태도를 받아들여야 한다는 것이 일종의 운명이라고 생각했으니.

"학교 밖에 나가는 건 괜찮아?"

유월이 조심스럽게 물었다. 방범대에 든 이상 학교 밖으로 꼬박꼬박 나가야 했다. 그것이 윤세이의 사진이 외부에서 나도는 원인이 되기도 할 터였다. 윤세이는 인상을 찡그렸다가 미간을 짚고 대답했다.

"학교 안에 처박혀 있어 봤자 아무것도 못 하잖아요."

처박힌다니 선생님한테 쓸 말은 아닌데. 윤세이는 혀를 살짝 깨물었다. 유월은 이해한다는 뜻으로 윤세이의 어깨를 두드려 주었다. 해가 아직 중천에 떠 있는 시간, 윤세이는 유월의 기숙사 방 의자에 주저앉았다. 그리고 두 손으로 얼굴을 가린 채 작게 중얼거렸다.

"미카엘라가 이상해요."

유월이 윤세이에게 가까이 다가갔다.

"무슨 소리야?"

윤세이가 마른세수를 한 다음 대답했다.

"무슨 일 때문인지 모르겠는데 저를 피해요. 맨날 피하는 건 아닌데, 묘하게 처져 있다고 해야 하나…. 솔직히…."

윤세이는 하, 하고 숨을 내뱉은 후 대답했다.

"옛날 같아요."

자신이 전학 오기 전, 초등부의 미카엘라. 작고 우울하고 괴롭힘에 대항할 엄두조차 내지 못하던 칙칙한 아이. 타고난 힘은 강한데 그 힘을 조절하지 못해서 아무것도 할 수 없었던 아이.

"그래도 예전하고 지금은…."

다르지 않냐고 말하려다가 유월은 입을 다물었다. 미카엘라에 대해 가장 잘 알고 있는 사람은 윤세이일 거다. 자신이 화상 입은 윤세이의 손을 치료해 주었을 때, 구워진 메뚜기투성이였던 교실에서 둘을 끌어냈을 때부터. 아니, 그 훨씬 이전부터 둘은 콤비였다. 윤세이는 유월이 삼킨 말을 짐작했는지 피식 웃었다.

"다르죠."

조그마했던 미카엘라의 키는 어느새 꽤 자랐다. 그래 봐야 160cm. 윤세이보다 5cm는 작았다. 미카엘라는 운동을 열심히 했다. 극악의 몸치지만 애들과 함께 운동장을 달리고, 축구도 하고 농구도 했다. 그런 식으로 자신의 곁에서 조금씩, 다른 사람과 함께하는 시간을 늘려 나가는 미카엘라를 보면서 윤세이는 둥지를 떠나는 아기 새를 보는 기분이 이런 걸까 생각할 때도 있었다. 좀 서운했어도 미카엘라가 그렇게 하는 게 맞는 거라고 생각했는데.

앞으로 나아가려고 그토록 노력했던 애가 1000일도 넘는 긴 시간을 되돌아가 퇴행하려고 한다. 우울한 눈으로 윤세이를 보고, 방범대 일이 아니면 방에 처박히려고 하고, 요새는 운동장을 뛰어다니지도 않는다. 사건의 원인이 되었던 그 사진 속, 윤세이를 보고 환히 웃던 미카엘라가 사라진 것 같았다.

"부모님은 아시니?"

윤세이는 고개를 끄덕였다. 택배를 보낼 때는 상자에 꼭 부모님 이름을 쓰고 깜짝 택배 같은 건 보내지 말라는 부탁을 할 때 자초지종을 설명했다. 전화기 너머의 부모님은 말이 없었다. 그러다가 '너는 그래도 미카엘라랑 같이 있을 거냐'고 물었다.

무슨 대답을 기대한 걸까. 윤세이는 아직도 몰랐다. 나쁜 친구에게 물들어 너까지 나빠지지 않게 도망치라는 말을 하고 싶었던 걸까? 부모님이라면 그럴 수도 있었다. 열다섯 살은 아직 어린 나이니까. 하지만 윤세이는 큰 소리로 대답했다.

"같이 있어야지. 걔 친구가 또 누가 있다고."

미카엘라와 함께 운동하고 장난치고 웃고 떠드는 많은 친구들이 보이지 않는 양, 자신이 미카엘라를 아직도 독차지하고 있는 양.

그래야 했다.

"저는 찐따 콤비로 있는 게 낫지, 미카엘라 혼자 찐따인 건 싫어요."

간신히 웃음을 섞어 윤세이는 유월에게 대답했다.

유월은 고개를 끄덕였다.

세이가 인사를 하고 기숙사 방에서 나가려고 하자 유월은 세이의 어깨를 잡았다. 아무래도 말을 해야 할 것 같았다.

"세이야. 너한테 오는 수상한 택배들 말인데. 아무래도 그 안에 저주 용품이 있는 것 같아."

윤세이가 이마를 찡그렸다.

"다 버렸는데요? 아니, 그것보다 저한테 저주 물품을 왜 보내요?"

유월은 마녀가 만드는 저주용품들에 대해 어디까지 설명해야 할까 고민했다. 어두운 마음. 끝없는 절망. 차라리 끝장을 바라는 고통. 그런 걸 전부 이해하기엔 윤세이는 너무 어렸다.

"걔들은… 미카엘라를 좋아하니까, 너를 질투했겠지. 그래서 그런 게 아닐까. 앞으로도 이상한 택배 오면 다 내다 버려. 그러면 저주 물품이 와도 너를 해치지는 못할 거야."

참말과 거짓말을 섞어 유월은 말했다. 저주 물품이 윤세이를 완전히 해치지는 못할 게 확실했다. 그 이유는 윤세이가 택배를 버려서라기보다, 여기는 초능력자 학교고 주술의 기운을 감지하고 해제할 수 있는 존재인 자신이 있기 때문이었다. 윤세이는 유월에게 고맙다는 인사를 다시 하고 천천히 복도를 걸어갔다.

모퉁이를 돈 윤세이는 중얼거렸다.

"누군가를 좋아하는 마음이 옆에 있는 사람에 대한 질투로 옮겨 간 거라고?"

윤세이는 그렇게 생각하지 않았다.

그들의 행동은 원하는 무엇을 갖지 못한 자가, 마찬가지로 그 무엇을 갖고 있지 않은 윤세이에게 하는 화풀이일 뿐이었다. 그렇기에 윤세이는 자신을 괴롭히는 사람들을, 미카엘라를 좋아한다고 주장하는 사람들을 용서할 생각이 없었다.

설령 이 짜증과 분노가 저주 물품이 일으킨 것이라고 해도.

4. 폭발

누가 보냈는지 모를 택배를 차단한 지 몇 주, 한동안 평안했던 일상은 다시 악다구니를 쓰듯 소란스러워졌다.

"너 나한테 택배 보냈어?"

윤세이는 어이가 없음을 눌러 참으며 옆자리 친구의 책상에 작은 상자를 올려놓았다. 상대는 별 해괴한 얘기를 다 한다는 듯 상자를 밀어냈다.

"용돈이 넘치냐? 택배를 왜 보내. 내가 너 짝사랑하냐?"

"요즘 하도 이상한 일이 많아서 그러지…."

윤세이는 상자를 흔들어 보았다. 바스락거리는 작은 물체가 상자 벽에 부딪히는 소리가 났다. 벌레겠군. 윤세이는 속으로 한숨을 쉬었다. 윤세이는 상자를 들고 터덜터덜 교실 문 밖으로 걸어 나갔다. 뒤에서 부르는 소리가 들렸다.

"윤세이, 어디 가? 수업 시작해!"

윤세이는 애써 인상을 쓰지 않으려 노력하며 뒤를 돌아보았다.

"분리수거 하러 간다."

아마도 타는 쓰레기겠지.

이번에는 택배가 아는 사람에게서 오기 시작했다. 반 친구, 전에 다닌 초등학교 친구. 윤세이는 택배 박스를 버릴 때마다 마음속에 불로 쌓은 계단이 하나씩 만들어지는 것 같다는 느낌이 들었다. 몇 번이나 크게 숨을 들이쉬고 내쉬었다. 하지만 불은 꺼지지 않았다. 화염은 미카엘라 전문 분야인데. 그런 생각을 떠올리다 이런 상황에서도 나는 미카엘라 생각인가 싶어 윤세이는 입술을 깨물었다.

하지만 아직도 풀 죽어 있는, 그렇게 된 이유를 말해 주지 않는 애를 다그칠 수는 없었다.

그래서 터진 사고였다.

"얘기 좀 해."

저녁 식사 직후, 식당을 빠져나가는 인파 속에서

윤세이는 자신을 피하는 미카엘라의 옷 후드를 잡아당겼다. 목이 졸린 미카엘라가 켁, 소리를 내면서 윤세이의 손을 뿌리쳤다. 그렇게 나오시겠다 이거지. 윤세이는 자신의 팔을 꺾고 그 감각을 그대로 미카엘라에게 전달했다. 팔에 통증을 느낀 미카엘라가 멈춰서 윤세이를 보았다.

"윤세이 너."

상대방에게 해를 가할 목적으로 자기 몸을 다치게 하지 않는다. 그건 윤세이와 미카엘라 사이의 암묵적 약속이었다. 윤세이가 그 약속을 어긴 건 처음이었다. 미카엘라는 아픈 팔을 붙잡고 얼굴을 일그러뜨렸다.

"뭘 얘기하려고? 나 피곤해. 방에 갈 거야."
"언제까지 나 피해 다니려고."

미카엘라가 눈을 돌렸다.

"방범대 활동 같이 하잖아."
"말도 안 걸잖아."

윤세이가 쏘아붙이자 미카엘라가 지긋지긋하다는 표정으로 고개를 흔들었다.

"보호자인 것처럼 굴지 마."

윤세이가 툭 말을 던졌다.

"사춘기냐?"

미카엘라의 얼굴이 빨갛게 물들었다.

그리고 뜨거워진 손으로 윤세이를 밀쳤다.

밀린 윤세이도, 밀친 미카엘라도 놀란 듯 서로에게서 거리를 벌렸다. 미카엘라는 자기 손을 한참 들여다보다가 버럭, 소리 질렀다.

"넌 몰라. 모르는 일이니까 신경 꺼!"

윤세이는 열기가 아직도 남은 팔을 붙잡고 망연자실한 얼굴로 서 있었다.

그래서였다. 관리실에 있던 택배 상자를 보낸 사람 이름도 확인하지 않고 가져간 건. 굳이 기숙사 방에 들어가서 상자를 뜯은 건.

그러나 그 안에 갈기갈기 찢어진, 자신과 미카엘라가 같이 찍힌 사진부터 자신의 초등학교 적 사진까지 들어 있는 것을 봤을 때의 심각한 분노는 누구도 예상한 바가 아니었을 것이다. 윤세이는 상자를 침대 아래로 떨어뜨렸다. 손이 떨렸다.

합리적인 분노의 수준을 넘어섰다는 생각이 들 정도로.

하지만 다음 순간, 윤세이의 머리는 하얗게 텅 비고 말았다. 윤세이는 침착하게 사진 조각들을 주워서 상자 안에 집어넣고 윗옷을 걸쳐 입었다.

인내심이 전부 날아가 버렸다.

그리고 머리는 놀랍도록 차분해졌다.

'어디로 가야 할까.'

힘이 필요했다. 자신의 힘이 아닌 더 강한 힘이. 예전에도 이런 생각을 한 적이 있었지. 메뚜기 사건 때. 그때는 힘이 문제의 원인이었지만. 그러면 그 힘들은 어디로 갔지? 그때 우릴 구해 준 건… 그리고 사건을 덮어 준 건 누구였지?

윤세이는 운동장으로 천천히 걸어 나갔다. 이 시간이면 유월이 아이들과 운동장에서 잡담을 나누고 있을 터였다. 타박, 타박. 자신의 작은 발걸음 소리가 귓가에 선명하게 울렸다. 다른 사람들이 내는 소음이 들리지 않았다. 아마 그때 누구라도 윤세이를 만졌다면 차가움에 놀랐을 것이다.

운동장으로 나간 윤세이는 희미하게 웃었다. 등나무 아래에서 유월이 아이들에게 둘러싸여 있었다. 윤세이는 천천히 다가갔다. 아이들이 움찔 놀라며 길을 내주었다.

"선생님."

윤세이가 유월에게 손을 내밀었다. 유월은 자신도 모르게 세이의 손을 잡으려 팔을 뻗었다. 아이들의 초능력이 통하지 않게 하는 방어구, 시계가 채워져 있는 쪽이었다.

그리고 예전에 한 번 유월에게 초능력이 통하는지 시험해 본 윤세이는 그 시계만 없으면 유월이 자신의 힘을 그대로 받아들일 수밖에 없다는 사실을 잘 알고 있었다.

"미안해요."

윤세이는 한 손으로 유월의 팔을 잡고, 다른 손으로 시계를 뜯어내 버렸다.

"삐-!"
"유월 쌤!"

5. 소년 소녀 격돌기

"알았다. 너도 같이 나갈 준비-"
"감사합니다!"

신성환 교사의 말이 끝나기도 전에 미카엘라는 방범대실 밖으로 뛰쳐나갔다. 우선 힘을 빌려야 할 사람이 있었다. 신성환 교사는 미카엘라를 좋아하지 않았고, 미카엘라의 버디인 윤세이에게도 고운 눈길을 보내진 않았다. 그렇다면 신성환이 모집한 방범대도 윤세이에게 호의적일 것 같지 않았다. 그런 사람들에게 윤세이를 맡길 수는 없었다. 미카엘라는 직접 윤세이를 찾아내고 싶었다. '망원경' 능력자가 계단을 뛰어오르는 소리가 들렸다. 고등부에 다니고 있는 능력자의 컨트롤 능력은 성인급일 게 뻔했다. 아마 드림학교 옥상에서도 탐색 목표인 윤세이가 어디 있는지 알아낼 수 있겠지. 미카엘라는 주머니에 넣어 두었던 방범대 장비들을 착용하면서 유월을 찾았다.

"윤세이 목격! 서현 뒷골목 코인 노래방 출구 쪽이야!"

망원경 능력자가 학교 옥상에서 소리치자 미카엘라는 황급히 신발 끈을 고쳐 매었다. 비상 보안 장치를 장착한 유월이 미카엘라를 보고 비틀거리며 운동장 벤치에서 일어섰다. 미카엘라는 일어나지 말라며 손을 뻗었다.

"선생님. 지금 일어서시면 다쳐요! 세이가…"

미카엘라는 차마 '선생님에게 폭력을 휘둘렀잖아요.'라는 말을 내뱉지 못하고 삼켰다.

초능력자의 공격을 막는 장치를 억지로 뜯어낸 것은 분명히 폭력이었다. 그건 교칙을 몇 개나 한꺼번에 어기는 행동이었다. 미카엘라는 세이와 함께 지낸 이래 처음으로 '이러다가 나도 말려들어 벌을 받게 되는 건 아닐까'라는 생각이 들었다.

벌을 받고 싶지 않았다. 집에서 온 전화 한 통을 받았을 때, 그 뒤로 이어진 문자들을 봤을 때, 어른들에게는 아무렇지도 않은 듯한, 그러나 미카엘라의 세상을 절반쯤 무너뜨린 그 말을 들었을 때의 기분을 다시 느끼고 싶지 않았다.

하지만 미카엘라의 세계 중 나머지 절반은 윤세이에게 달려 있었다. 미카엘라는 어느 쪽도 포기하지 않기로 했기에 유월에게 부탁했다.

"보라 누나에게 연락해 주세요. 그리고 세이가 쓴 스톤이 뭔지 확인해 주세요. 확인하면 문자로 남겨 주시고요."

미카엘라가 유월의 손을 꽉 잡았다 놓았다.

유월은 미카엘라가 학교 밖으로 나간 후 교무실로 향했다. 세이가 예전에 구매한 스톤을 유월이 맡아 두고 있었는데, 상황을 보아하니 세이가 그중 일부를 몰래 빼내서 사용한 게 분명했다. 사라진 스톤이 능력 강화와 증폭을 동시에 시전하는 증폭계 스톤이라는 걸 알게 된 유월의 얼굴이 하얗게 질렸다. 보통 증폭계 마법은 시전자의 생명력과 기력을 소진해 가며 사용한다. 유월이 미카엘라에게 문자를 보내자 미카엘라는 백현육교를 뛰어 건너며 내용을 확인했다. 그럼 그렇지. 미카엘라의 헉헉거리는 숨 속에 작은 생각들이 끼어들었다. 증폭 스톤일 거라는 예상은 했다. 증폭에 강화. 그 정도 물건을 쓰면 윤세이가 아니라 누구라도 벽을 부술 수 있었을 거라는 생각이 들자 마음 한구석에서 타던 불이 조금 사그라들었다.

순수한 자기 힘만으로 벽을 부술 때만큼 아프지

는 않았을 거라는 생각에.

'보라 누나가 과연 날 도와줄까.'

얼마 전 보라 누나의 전화에 시원찮게 대답한 게 마음에 걸렸다. 이제 와서 부탁하는 건 너무 뻔뻔한 일이 아닐까. 하지만 힘이 필요했다. 초능력자가 아닌 다른 사람의 힘. 윤세이를 알고 미카엘라를 알고 둘을 도와줄 수 있는 사람의 힘이. 미카엘라의 머릿속에 그런 사람은 단 한 명밖에 떠오르지 않았다.

한편 유월은 보라에게 먼저 전화를 걸까, 하다 윤정에게 전화를 걸었다. 초능력자에게 우호적이진 않더라도 경험이 많은 마녀가 필요했다. 그러나 윤정은 딱 잘라 말했다.

"그건 네 소관이야."
"하지만 위험하다고요! 지금 애가… 학교 담장을 부수고 나갔다고요!"
"초능력자 학교에서 일하는 건 너야."

윤정은 전화를 끊어 버렸다. 하지만 전화를 끊은 윤정의 마음도 답답해져 왔다. 아무리 급해도 그렇지, 이럴 때 덥석 전화부터 하는 건 유월에게 너무나 위험한 일이었다. 자칫하면 유월이 마녀라는 걸 학교 측에 들킬 수 있었고, 그렇게 될 경우 초능력자 틈새에서 유월이 어떤 일을 당할지 알 수 없었다.

유월은 덜덜 떨리는 손을 들어 미카엘라가 가르쳐 준 번호를 전화기에 입력했다.

"여보세요?"

일하는 도중인지, 보라가 작은 소리로 전화를 받았다.

유월은 상황을 전하고 터지는 울음을 누르며 보라에게 연신 사과했다.

"너밖에 없어, 보라야. 미안해. 나는… 초능력자와 잘 지내는 마녀를… 나 말고는 너밖에 본 적이 없어."

유월은 보라와 통화를 끝내고는 중얼거렸다.

"너밖에 없어…. 정말로, 너밖에 없어."

비행의 마녀인 소윤정이 단 5분 만에 윤세이를 찾아내 주술로 그 힘을 무력화시킬 수 있다 할지라도, 윤정은 나서지 않을 것이다. 초능력자들의 세계에, 어린 초능력자의 반항에 뛰어들지 않을 것이다. 본인이 그렇게 선언했다. 윤정의 힘을 빌릴 수 없다면 조금 어리고 부족하더라도 윤세이와 미카엘라를 믿어 줄 사람이 필요했다.

"보라야. 제발."

보라는 앉은 자세로 택배 박스를 정리하다가 자리에서 벌떡 일어났다. 윤정이 이맛살을 찌푸리며 말했다.

"앉아. 강보라."
"안 돼요."

보라는 약장으로 달려가 수업을 받는 동안 만들었던 마취제, 환각제, 수면제를 가방 안에 쓸어 넣었다. 윤정이 다가와 보라의 눈앞에서 약장 문을 닫았다.

"뭐 하는 짓이니. 초능력자들 일에 어디까지 끼어들 셈이야?"
"몰라요. 하지만… 그래도… 지금 당장 가야 해요."
"네가 아니면 못 하는 일 아니야."

그 말이 보라의 가슴을 푹 찔렀다. 보라는 숨을 크게 들이쉬고 받아쳤다.

"아뇨. 저만 할 수 있어요."

"미카엘은?"
"먼저 나갔어요."

중형차에 학생 다섯 명을 태우며 신성환은 혀를 찼다.

"그새를 못 참고. 어린애들이란."
"서현역으로 가는 길 꽤 밀리지 않아요? 미카가 먼저 도착할 수도 있겠는데."

하필 퇴근 시간이었다. 버스가 한참 동안 멈춰 있

을 만큼 꽉 막힌 백현육교 아래에서 신성환은 아이들과 함께 창밖을 보았다. 정말로 뛰는 게 더 빠를 것 같았다. 하지만 애들을 통제해야 하니 내리라고 할 수는 없었다. 신성환은 운전대를 고쳐 잡으며 아이들에게 안전벨트를 잘 매라고 잔소리했다.

"차라리 그 녀석이 먼저 가면… 상황이 나아지려나."

그런 기적이 일어날 수는 없겠지만.

"아, 으아. 이제 뛰는 건… 안 되겠다…."

미카엘라는 서현역으로 향하는 길 중간에 털썩 주저앉았다. 등에서 땀이 흘렀다. 더 뛰다간 허벅지가 터질 것 같았다. 그래도 나름 매일 저녁 운동장을 돌았는데 이 꼴이라니. 하지만 더 가야 했다. 코인노래방 쪽 골목은 평일 저녁에도 유동 인구가 제법 되는 곳이었다. 그곳에서 제정신을 놓은 윤세이가 뭘 하고 있을지, 미카엘라는 상상하고 싶지 않았다.

"좀 기다려야 되나? 망원경 누나가 세이 찾고, 세이렌 형이 온다고 했으니까… 골목에서 사람들을 좀 몰아내면… 쉬울지도…."

티셔츠 안으로 줄줄 흐르는 땀을 손으로 닦아 내며 미카엘라는 중얼거렸다. 생각. 생각해야 했다. 윤세이에게 피해를 주는 일을 최대한 피하면서 이

상황을 끝낼 방법을. 미카엘라가 다시 다리에 힘을 주어 일어섰다. 일단은 골목으로 가야 했다. 다행히도 그곳은 자신과 윤세이가 맡았던 방범대 순찰 구역이었다.

윤세이가 거기 있다는 건 아직 제정신을 완전히 놓지는 않았다는 증거였다.

적어도 패야 하는, 팰 수 있는 놈들을 찾아 윤세이는 헤매고 있을 터였다.

6. 너를 지켜야 내가 산다

아직 아무도 서현역에 도착하지 않은 시각, 윤세이는 몽롱함을 느끼며 밤 골목을 걷고 있었다. 쓸데없이 감각이 예민해진 게 느껴졌다. 지나가는 사람들의 웃음소리가 지나칠 정도로 크게 들렸다. 근처 건물 3층 코인 노래방의 노랫소리와 리듬 게임 기기의 음악 소리가 1층 높이에 있는데도 들리는 것 같았다. 술은 아직 마셔 보지 않았지만 술을 마시면 이런 기분일까. 윤세이는 도로와 주차장 사이에 멈춰 섰다. 주차장으로 들어가려는 차가 빵빵거리는 소리가 들려 윤세이는 다시 터벅터벅 걷기 시작했다. 스스로가 똑바로 걷고는 있는지 의심스러웠다. 숨이 뜨거웠다. 차가워진 줄 알았던 속이 타오르고 있었다.

"어, 너-"

그리고 전에 한판 붙었던 놈들이 윤세이를 먼저 알아보았다.

휘청, 놈들이 밀친 윤세이의 몸이 반으로 꺾였다. 세이의 입에서 단내가 났다. 윤세이를 밀어젖힌 검은 후드와 야구 모자는 당황한 듯 수군거렸다.

"재 술 마신 거 아냐? 미친…."
"와, 중딩이 술이라니 세상 말세다."
"그러는 니도 마시잖아…."

윤세이가 휘청거리는 사이 둘은 만담 같은 대화를 주고받으며 서로의 옆구리를 쿡쿡 찔렀다. 윤세이의 입장에서는 거기에 어울려 줄 마음이 별로 없었다. 담배 냄새는 폐를 따갑게 했다. 바닥은 질척거렸다. 골목을 나가려 발을 내디딘 윤세이가 튀어나온 보도블록에 걸려 넘어졌다.

"진짜 술 취했냐…?"

검은 후드가 윤세이의 어깨를 잡으려 했다. 윤세이는 신경질적으로 몸을 크게 털었다. 하늘이 빙글빙글 돌았다. 가로등 불빛이 사방에서 눈을 찔러 왔다.

'망원경'이 윤세이를 발견한 건 그때였다.

"윤세이 목격!"

그 소리가 드림학교 운동장에 울려 퍼진 그때, 윤세이는 주먹을 쥐었다.

넘어졌다. 바지에 담배꽁초가 달라붙었다. 무릎은 욱신거리고 머리는 어지러웠다. 그리고 누군가 내 어깨를 잡으려 하는데 전에 맞붙은 적이 있는 놈이다. 이런 일을 겪는 건 다 주술 스톤 때문이었다. 그런데 왜 주술 스톤을 썼지? 그래. 학교 밖으로 나가고 싶었어.

어쩌면 주먹질을 하고 싶었는지도 모르지.

윤세이의 첫 주먹은 허공을 갈랐다.

온몸을 크게 앞으로 기울이며 뻗은 주먹은 벽에 박혔고, 콘크리트 가루가 떨어졌다. 야구 모자가 뒷걸음질 쳤다.

"야, 야, 쟤… 제정신 아닌 거 같아. 튀어."
"어딜 도망가게."

반쯤 풀린 눈을 한 채 윤세이가 야구 모자의 뒷덜미를 잡았다.

"초능력자 양아치 새끼야. 오늘은 너랑 나랑 1 대 1로 붙자."

입안에서 피 맛이 났다. 벽에 머리를 박아서 그런가. 아니면 모르는 사이 뺨이라도 맞았나. 윤세이는 미카엘라의 힘을 끌어오지 않고 자기 능력만 썼다. 검은 후드와 야구 모자는 전력으로 응대해 왔다. 그들은 '지난번 상대는 2인조였지만 이번에는 윤세이 하나뿐이니 승산이 있다'고 생각했다. 드림학교에서 방범대를 2인 1조로 구성해 내보낸다는 건 알고 있었다. 둘 중 하나만 왔으니 능력은 절반일 수도 있고, 눈앞의 여자애 쪽이 보조계 초능력자라면 절반 이하일 가능성도 있었다.

"어디, 네 능력 좀 보자고!"

야구 모자가 팔을 크게 휘둘렀다. 찌익- 손끝에서 끈적한 무언가가 튀어나왔다. 윤세이는 고개를 젖혀 끈끈한 실을 피했다. 하지만 포니테일로 묶은 윤세이의 머리 끝에 실의 일부가 달라붙었다. 야구 모자가 뻗은 손을 벽 쪽으로 향하자 실이 벽에 붙었고 실과 연결된 윤세이의 머리카락이 함께 벽에 달라붙었다. 윤세이는 인상을 쓰며 머리카락을 벽에서 뜯어냈다.

그때 세이렌이 능력을 발동했다.

보통 사람들은 눈치채지 못해도 초능력자끼리는 알 수 있었다. 어떤 미묘한 외침이 이 거리에서 사람들을 대피시키려고 한다는 것을. 세이렌의 노랫소리가 희미하게나마 윤세이와 야구 모자, 검은 후드에게 닿았고 셋은 동작을 멈춘 뒤 물러섰다.

"너 찾아내려는 거 아냐?"

야구 모자가 손끝에 묻은 실을 털어 내며 말했다.

"내 알 바 아냐."

윤세이가 앞으로 한 발 내디디며 주먹으로 야구 모자의 명치를 올려 쳤다. 욱신, 주먹에 통증이 왔고 윤세이는 그 통증을 복사해 고스란히 야구 모자에게 퍼부었다.

셋이 싸우는 와중에도 사람들은 무언가에 홀린 양 골목을 지나쳤다. 윤세이, 야구 모자, 검은 후드의 손발이 자꾸 헛돌았다. 세이렌의 노랫소리는 여기서 벗어나라고 반복해서 채근하고 있었다. 셋은 씨근대며 서로를 바라보았다. 이윽고 검은 후드가 턱짓했다.

"한방병원 쪽으로 가자. 거기면 사람 없을 거야. 이 빌어먹을 노랫소리도 안 들릴 거고."
"퍽이나 신사적이네."

아직도 단내가 나는 입으로 윤세이가 중얼거렸다.

"넌 왜 우리랑 싸우려고 하는 건데?"

명치를 문지르며 야구 모자가 투덜댔다.

"몰라. 기분 더러워서 그래."
"어이구."

검은 후드가 피식 웃었다.

"그래서 겁도 없이, 혼자서 둘한테 덤비셨다? 너 몇 살이냐?"

"열다섯."

한방병원 근처 골목에 선 윤세이가 둘을 노려보았다. 검은 후드는 썩 내키지 않는다는 듯 고개를 저었다.

"야, 너 드림학교 애지? 학교로 가. 외출하면 안 되는 이런 시간에 쏘다니지 말고. 우리도 어린애랑 싸우자니 양심이-"

- 빠악.

윤세이의 킥이 검은 후드의 정강이에 적중했다. 검은 후드가 뒷걸음질 치며 욕을 내뱉었다.

"씨발, 너 죽었어!"

그러고는 팔에 차고 있던 밴드를 풀었다.

"네가 선빵 날렸으니까 난 구속구 뺀다."

검은 후드의 모습이 일렁이면서 점점 흐려졌다.

"아예 제한 걸지 말고 해 보자. 이게 내 능력이거든."

투명화.

밤공기를 맞고 있던 세 명의 실루엣이 서서히 사라졌다.

개싸움이었다. 모두가 투명해져 서로를 볼 수 없는 판국이었다. 윤세이는 스톤 때문인지 잔뜩 곤두선 감각을 이용해 상대방의 위치를 파악하고 공격했다. 상대가 둘이라 앞뒤나 양옆에서 주먹이 날아들었다. 윤세이는 턱을 주먹으로 얻어맞고 머리가 크게 울리는 느낌에 헉, 숨을 뱉었다. 손에 잡히는 대로 아무에게나 그 감각을 그대로 붙여 넣었다. 상대에게서 윽, 짧은 비명이 나왔다.

거기구나.

너 거기 있었네?

윤세이는 증폭 스톤으로 조정하지 않은 자기 본연의 힘만으로 악착같이 달라붙었다.

되도록 죽이진 말아야지. 일렁이는 기분에 몸을 맡긴 채로 힘을 썼다간 죽여 버릴 수도 있겠지만.

그러면 안 되는 거잖아.

"그러면 안 되는 거잖아!"

윤세이가 소리를 질렀다. 배 속에서부터 울컥거리는 뜨거움이 계속 치솟았다. 소리를 지르고, 지르고, 또 질렀다.

"왜 그러는 건데! 나한테 왜!"

소리를 지르면 자신을 찾는 사람들에게 위치가 그대로 노출된다는 걸 알면서도 멈출 수가 없었다.

보라가 서현역 뒷골목에 도착했을 때는 사람들

이 죄다 그곳을 빠져나가고 있었다. 당황하는 보라의 눈앞으로 누군가가 손을 뻗었다. 미카엘라였다. 보라는 타고 온 청소기를 든 채로 뛰었다. 남들이 보면 뭐 당근마켓 청소기 거래라도 하러 온 줄 알겠지. 미카엘라는 조용히 하라는 뜻으로 손가락을 입술 앞에 세우고, 빠르게 상황을 설명했다.

"지금 사람들 대피시켰어요. 싸우는 애들 중에 투명화 능력자가 있어서 윤세이도, 같이 싸우는 애들도 안 보여요."

"투명화 상태면 어떻게 애들을 찾아?"

"한방병원 앞으로 가는 것까진 봤는데 거기서 사라졌어요. 그 주변에 있는 것 같아요. 그쪽 골목에는 사람이 잘 안 와서 아직 괜찮긴 하지만…."

미카엘라는 한동안 보라와 함께 안절부절못하며 상황을 지켜볼 수밖에 없었다. 아니, 무언가 벌어지고 있다는 것과 윤세이가 힘을 쓰고 있다는 게 전해지기 때문에 상황을 지켜본다고 말하는 거지, 실제로는 먼 허공 바라보기나 마찬가지였다. 그러다 주머니에 손을 넣은 미카엘라는 종잇조각 하나를 꺼내고는 인이어 마이크로 누군가에게 말을 걸었다.

"잠깐만 기다려 주세요. 제가 어떻게든 해 볼 테니까…. 바람 조정 초능력 빌릴게요."

미카엘라는 종잇조각을 손에서 놓았다. 종잇조각

은 유연하게 커브를 그리더니 길모퉁이 허공 한구석에 붙어 이리저리 날뛰었다. 누군가의 몸에 붙은 종이가 그 사람이 움직이는 대로 따라 움직이는 거였다.

"지금 제가 할 수 있는 일은 이런 것밖에 없어요. 제가 종이 가루를 날릴 테니까, 누나가 세이를 잡아 주세요."

보라는 고개를 끄덕였다.

"상대는 몇 명이야?"
"둘이요."
"세이도 대단하구나."

긴말할 시간이 없다는 듯 미카엘라는 주위를 빠르게 살피더니 보라가 청소기에 탄 것을 확인하고 종이 가루를 한 방향으로 날렸다. 머리카락을 묶은 사람의 형체가 언뜻 드러났다.

"거기냐!"

보라는 은신 망토를 여미고 청소기로 세이를 들이받았다.

'억울해.'

피지컬의 차이는 아무래도 극복할 수 없었다. 2대 1에 상대는 모두 자신보다 나이도 많고 키도 큰 상황. 윤세이는 쓰러질 것 같은 몸을 간신히 간신히 가누면서 두 사람에게 달려들었다. 그 순간, 하얀 종잇조각들이 날아와 눈앞을 가리고 몸에 달라붙었다.

"뭐야!"

자신과 마찬가지로 종잇조각을 털어 내려는 상대방의 모습이 보였다. 허점을 발견했지만 공격할 힘이 나지 않았다.

그리고 육중한 무언가가 세이의 몸을 들이받았다.

청소기로 한번 들이받혔을 때 기절했으면 차라리 나았을 텐데, 스톤을 사용한 윤세이는 쉽게 쓰러지지 않았다. 보라는 다른 사람의 눈이 가급적 닿지 않는 곳으로 세이를 몰고 갔다. 뭐야. 대체 뭐야. 뭔데. 왜 괴롭히는 건데. 왜 안 보이는 건데. 윤세이는 불타오르는 스톤의 힘을 그냥 써 버리기로 했다. 감각만 증폭시키면 되겠지. 후들거리던 다리에 다시 힘이 들어갔다. 보이지 않는 누군가는 지치지도 않는지 윤세이를 야구 모자와 검은 후드에게서 멀리 떨어진 곳으로 내몰았다. 윤세이는 걸음을 내딛다 이상한 감각을 느꼈다.

'힘이 빠져나가.'

스톤을 처음 사용했을 때 솟았던 힘이 빠르게 소진되는 것을 느끼며 윤세이는 숨을 몰아쉬었다.

아니, 이건 너무하잖아. 왜 보이지 않는 곳에서. 왜 내 손이 닿지도 않는 곳에서. 불공평하게. 불공평하게.

갉아먹힌 세이의 마음이 탈진을 부를 때까지 보라는 세이를 끌고 다녀야 했다. 보라는 빠르게 청소기에서 내려 은신 망토를 더 단단히 여미고는 세이의 주변을 맴돌았다. 세이가 울먹이며 주먹을 날렸다.

"왜 안 보이는데!"

세이의 주먹이 보라의 코앞을 스쳐 갔다.

"왜 안 보이는 데서만 사람을 괴롭히고 난리야!"

보라는 종이 가루가 붙은 다리를 슬쩍 걸어 세이를 넘어뜨렸다. 세이는 헉헉거리면서도 반격을 멈추지 않았다.

"떳떳하게 모습을 보이라고!"

보라는 벽 앞에 선 채로 세이의 공격을 가볍게 피해 냈다. 아직 세이가 주먹을 쓰는 요령이 서툴러 보여서 다행이었다. 마녀 훈련 때 배운 균형잡기가 이럴 때 도움이 될 줄이야. 하지만 파이터는 파이터, 보라의 몸을 스치는 공격이 점점 많아졌다. 보라는 몸을 뒤로 크게 빼냈다.

세이를 들이받던 공격의 위력이 줄었다. 횡단보도 앞까지 몰렸던 윤세이가 기회를 틈타 온몸을 날려 상대에게 부딪치려던 순간.

"세이야, 그만해!"

윤세이는 천천히 고개를 돌렸다. 불타는 것 같던 몸속의 열이 가라앉았다. 세이는 자신을 부른 사람의 이름을 입 밖으로 내뱉었다.

"미카엘라?"

이때다. 보라는 사무실에서 가져온 수면 초콜릿을, 손가락을 깨물릴 각오로 세이의 입안 깊숙이 집어넣었다. 세이가 잠시 비틀거리다 벽 쪽으로 쓰러졌다. 늦지 않게 달려온 미카엘라가 세이의 몸을 붙잡았고 세이가 쓰러짐과 동시에 투명화 효과가 풀렸다.

"세이랑 싸우던 둘을 상대하고 돌아온 거야?"

보라가 숨을 몰아쉬는 미카엘라를 보며 기가 막힌다는 표정을 지었다.

"많이 안 맞았어요."

그런 것치고는 입술이 터져 있고 옷에 발자국이 선명했다.

"그런데 이제 어쩌죠?"

"어쩌긴 뭘 어째."

대답은 뒤에서 들렸다. 어둠 속에서 윤정이 천천히 걸어 나왔다. 그리고 보라의 뺨을 가볍게 쳤다.

"멍청하긴. 마녀하고 초능력자가 같이 있다고 광고라도 할 셈이야? 바로 쫓아와 보길 잘했지."

7. 아직은 너와 엮였으니

윤정은 늘어진 윤세이와 얻어맞은 흔적이 선명한 미카엘라를 보고 눈썹을 찡그렸다.

"얘네를 다른 데로 옮겨야 되는 건 알겠는데, 원래 남자는 청소기에 태우면 안 돼. 부정 타."

보라는 반박하지 못하고 고개를 숙였다. 당차게 나섰지만 자신의 행동은 엄연히 마녀가 초능력자에게 접촉한 것이고, 그것도 밀접하게 접촉하다 못해 사건의 정중앙에 뛰어들어 버린 꼴이었다. 윤정이 이마를 몇 번 손으로 문지르더니 미카엘라에게 물었다.

"너 변성기 왔니?"

미카엘라가 목을 만져 보고 대답했다.

"오는 중이에요."

주눅 들어 있던 보라가 눈치를 보며 물었다.

"그게 중요한 거예요?"

윤정이 보라에게 꿀밤을 먹이는 시늉을 하며 말했다.

"아직 2차 성징이 안 나타난 꼬맹이라면 마녀 법칙에 그나마 덜 어긋난다면서 우겨 보려고 한다."
"아… 아하."

그 정도로 심각하게 고민할 일일까, 생각하던 보라는 윤정의 날카로운 눈빛에 정신을 차렸다. 그러고 보니 처음 미카엘라를 청소기에 태웠던 건 미카엘라가 열세 살 때였다. 겨우 초등부 어린애인 거였다. 그랬던 애가 지금은… 컸나? 아주 조금이지만 커서… 열다섯 살이라니. 변성기라니.

윤정은 늘어진 윤세이를 등에 업었다.

"망토 씌우고, 청소기 먼지 통 안에 끈 있으니까 그걸로 애랑 나 묶어."
"그렇게까지…."

윤정이 코웃음을 쳤다.

"네가 남자애 태우고, 내가 얘를 태워야 돼. 넌 이미 남자애를 한 번 네 청소기에 태웠지. 이유는 또 있어. 너는 기절한 애를 데리고 비행할 만큼 실력이 좋지 않아."

찔끔, 보라가 고개를 움츠렸다.

"한 가지 더. 아까 여기로 오면서 아주 일직선으로 날던데. 비행 금지 구역이 왜 있는지 아예 잊어버린 것처럼 말야."

"죄송합니다…."

"시간 없어. 애 태워."

윤세이를 등에 업은 윤정과 미카엘라를 앞에 태운 보라가 조용히 하늘을 날았다.

"얘네가 드림학교 애들이면, 판교 쪽에 내려 주면 되겠네. 거기서부턴 알아서 가라고 해."

"네."

보라 대신 미카엘라가 기죽은 소리로 대답했다.

상공으로 날아오른 네 사람은 천천히 움직였다. 예비 마녀에게 허용되는 최고 비행 속도인 시속 15km보다도 느리게. 정신을 잃은 사람이 하나 타고 있으니 당연한 일일까.

보라는 윤정에게 묻고 싶은 게 아주 많았다. 왜 자기를 쫓아와 줬는지, 왜 자꾸 쌀쌀맞게 구는지, 정말로 자신이 마녀가 되기를 원하기는 하는지. 하지만 밤하늘 속에서 그 질문들은 습기에 녹아 사라졌다.

그리고 곧 비가 오기 시작했다.

툭.

빗방울이 보라의 콧잔등을 때렸다.

"어휴."

"탄천 풀숲 방향으로 꺾어. 풀이 많이 자랐으니 가림막이 되어 줄 거다. 이 날씨에 거기까지 오는 사람도 없을 거고."

두 대의 청소기가 방향을 틀었다. 그리고 풀이 사람 키만큼 자란 탄천 길가 풀숲에 내려앉았다. 빗발이 점점 더 거세졌다.

윤정은 청소기에서 세이를 떼어 내고 말없이 풀숲에 눕혔다. 미카엘라가 세이의 머리맡에 앉았다. 윤정은 보라를 보며 허리에 손을 짚고 말했다.

"비행도 제대로 못 하는 애가."

보라는 고개를 푹 숙였다.

"내가 거절한 일을 네가 왜 받아서 하니."

묻고 싶은 게 그렇게 많았는데도, 보라의 입에서는 윤정의 말을 맞받아칠 질문이 나오지 않았다. 퉁명스러운 목소리 안에 깃든 온기가 여름밤의 비를 덥히는 것 같았다. 보라는 목 안에 걸린 것 같은 말을 간신히 끄집어냈다.

"사장님 말씀이 맞아요."

보라는 비를 맞으며 말을 이어 갔다.

"저는 비행도 못 하고, 사실 정말 마녀가 될 수 있을지도 모르겠어요."

목뒤에 떨어지는 빗방울이 미지근했다.

"그런데, 만약에 제가 마녀가 못 되면 제 마녀 기간은 몇 달 남지 않은 거잖아요. 앞으로 어떻게 될지 모르잖아요."

보라는 고개를 똑바로 들었다.

"한 번쯤은 내가 원하는 대로, 뛰어들었다가 바닥에 내동댕이쳐져도 후회하지 않을 일을 하고 싶었어요."

윤정은 주머니를 뒤졌다. 호출기가 울리고 있었다.

"무슨 일이에요?"

보라가 물었다. 윤정은 빠득, 어금니를 사리물고는 대답했다.

"약물…? 이거, 아무래도 사건이 터진 것 같은데."
"가 보셔야 돼요?"
"불렀으니 가 봐야지. 성남시 연합 호출이야. 넌 예비 마녀니까 해당 없지만. 택시 타야겠다."

윤정이 떠난 후 미카엘라와 보라는 윤세이를 사이에 두고 말없이 앉아 있었다.

미카엘라가 먼저 입을 열었다.

"누나, 미안해요."
"뭐가?"

윤세이를 살피던 보라가 건성으로 되물었다.

"일이 좀 있었어요. 그래서 지난번에 누나가 전화했을 때 제대로 대답도 못 하고, 설명도 못 했어요."

보라가 잠시 움직임을 멈추었다.

"세이에게도 무슨 일 있었는지 이야기 안 한 거야?"

미카엘라가 고개를 끄덕였다.

"네. 그래서… 더 속상했을 거예요. 오늘 제가 그 문제 때문에… 세이에게 화를 냈거든요. 너무 어린애처럼 군 것 같아요."

그 일만 아니었으면 이렇게 큰일이 생기지도 않았을 거예요. 자책하는 미카엘라의 머리를 보라가 빗물 젖은 손으로 툭툭 두드리듯 쓰다듬었다.

"걱정 마. 어른이 된다고 해서 사고를 안 치는 건 아니더라고. 나 봐. 스무 살인데도 혼나고 있잖아."
"그런가요…."

큰 위로가 되지는 못한 듯 미카엘라가 씁쓸하게 웃었다.

그때 윤세이가 눈을 떴다.

스읍, 미카엘라가 길게 자란 풀 사이로 보라를 빠르게 숨겼다.

"스톤 효과가 아직도 남아 있는 거 같아요!"

미카엘라는 보라를 등지고 윤세이의 앞을 막았다. 윤세이의 눈 안에서는 보랏빛 불꽃이 일렁거렸다. 미카엘라가 자신을 부르던 목소리에 아주 잠깐 잠들었던 분노가 정신이 들면서 다시 깨어나고 있었다. 보라가 풀숲 안에서 중얼거렸다.

"아직도 안 끝났어…?"

윤세이가 고개를 푹 떨어뜨렸다. 그리고 다시 고개를 들었다. 이번에는 텅 빈 표정이었다. 눈에만 불꽃을 담은 채 윤세이는 미카엘라에게 물었다.

"너 뭐 숨겨…?"

분노였다. 세상에는 여러 가지 색의 분노가 있다. 붉은 분노, 푸른 분노, 검은 분노, 모든 걸 태워버릴 것 같은 하얀 분노. 그리고 지금 자신이 느끼는 것은 질투와 애증이 뒤섞인 보랏빛 분노. 윤세이는 그 분노의 실체를 정확히 알고 있었다. 알면서도, 알고 있기 때문에 눈앞에 있는 미카엘라에게 몸을 날렸다. 풀숲 아래 진흙의 습기가 옷에 배어

들어 차갑고 축축했다.

"세이야, 정신 차려!"

세이 아래에 깔린 미카엘라가 내리꽂히는 주먹을 맞을까 봐 필사적으로 얼굴을 가리며 말했다. 미카엘라는 교차한 팔로 주먹을 막으며 반탄력(反彈力, 공격을 반사하는 힘)을 이용해 몸을 일으켰다. 이번에는 윤세이가 나동그라졌다. 미카엘라는 윤세이에게 공격을 하는 대신 가만히 서 있다가 무릎을 꿇고 앉았다. 윤세이가 일어나더니 미카엘라의 어깨를 강하게 걷어찼다.

"아윽!"

미카엘라의 입에서 비명 소리가 터져 나왔다. 윤세이는 걷어찬 어깨를 발로 누르고 밟아 댔다. 윤세이의 분노가 말이 되어 흘러나왔다.

"뭐 숨기는 거야?"
"너는 왜 나한테 그래?"
"너 때문이라고 생각하기 싫은데."
"너는 왜 날 피해?"
"너까지 왜 그래?"

끝끝내 미카엘라를 탓할 수 없는 괴로움이 묻어나는 말. 미카엘라는 자신을 내리누르는 윤세이의 체중과 머리를 후려치는 윤세이의 손바닥을 가만히 받아 내기만 했다.

미카엘라 쪽에서 때릴 수는 없으니까. 상대는 윤세이니까.

윤세이가 미카엘라의 어깨를 밟고 있던 발을 들어 미카엘라의 머리를 걷어차려고 한 순간, 풀숲에서 보라가 팔을 뻗었다.

"윤세이, 그만! 그만해!"

뻗은 손으로 윤세이의 발목을 잡으려…고 했지만 윤세이의 동작이 더 빨랐다. 윤세이는 보라의 손목을 세게 찼다. 보라가 뒤로 밀려나는 소리가 들렸다. 그리고 그 틈을 이용한 건 미카엘라였다.

뒤에서 미카엘라가 레슬링하듯 윤세이의 허리를 껴안고 주저앉자 윤세이는 다시 나동그라졌다.

"왜 나한테 숨겨…?"

아직도 분노 어린 말. 하지만 윤세이의 숨은 점차 거칠어지고 있었다. 주술 스톤의 기운이 다해 가고, 사용자의 기력도 한계에 달했음을 알리는 신호였다.

"나는 안 중요해…?"

윤세이의 손이 허공을 움켜쥐다 맥없이 떨어졌다. 앞에는 보라가 한쪽 무릎을 꿇은 채 앉아 있고, 뒤에서는 미카엘라가 윤세이를 무릎에 앉힌 채 허리를 단단히 감고 있는 상태에서 윤세이가 누구를 공격할 수는 없었다.

미카엘라가 한숨을 토했다.

"세이야. 할 말이 있어. 지금 상황이 좀 그렇긴 하지만, 이런 때가 아니면 얘기 못 할 거 같아."

미카엘라가 윤세이의 등에 얼굴을 묻었다.

"우리 부모님 이혼한대. 나, 솔직히 엄마랑 아빠한테 사랑받고 자란 거 아닌데 너무… 너무… 괴로운 거 있지. 왜 그런지도 모르겠는데… 모르겠어서… 너한테 말을 못 했어. 아무한테도 말 못 했어. 정말 내가 세상에서 제일 힘든 줄 알았어. 미안해, 미안해."

미카엘라가 팔에 힘을 주며 중얼거렸다.

"이제 안 그럴게."

미카엘라의 품 안에서 꿈틀거리던 윤세이의 눈에서 불꽃이 사라졌다. 온몸의 힘이 빠져나간 듯, 윤세이가 미카엘라에게 몸을 기댔다. 미카엘라는 윤세이에게 밀려 완전히 드러누웠다. 윤세이는 미카엘라를 깔아뭉갠 채로 중얼거렸다.

"… 진작 말했으면 두 대는 덜 팼을 거 아냐…."

그리고 푹, 윤세이의 고개가 옆으로 꺾였다.

"… 미카엘라, 자니?"

한동안 침묵을 지키는 둘을 보고 있던 보라가 조심스럽게 물었다. 윤세이 아래 깔린 미카엘라가 눌린 목소리로 대답했다.

"잠은 안 자는데 기절할 거 같아요. 윤세이 좀 치워 주세요."
"넌 세이 허리에서 팔이나 풀어라."
"어? 아!"

허둥지둥 미카엘라가 팔을 풀자 보라는 윤세이를 자기 무릎에 눕혔다.

"와, 이제 어떻게 하냐…."

비 오는 탄천. 마법 물품 규정 외 사용. 기절한 초능력자. 유일한 보호자는 마녀. 나머지 한 명은 이 모든 사건의 원흉.

엉망진창인 세 사람의 꼴을 긴 풀들이 감추고 있었다.

8. 모두가 상극은 아니어서

"누나가 저 때문에 피해 입을까 봐 걱정돼요."

기절한 애를 여기 둘 수는 없으니 학교에 전화하라는 보라의 말에 미카엘라는 머뭇거리며 그렇게 대답했다. 보라는 가당찮다는 표정을 짓고는 미카엘라를 위아래로 훑어보았다.

"그래서 기절한 애를 여기 찬 바닥에 두시겠다?"
"그러겠다는 게 아니라…. 저희 걱정은 하지 말고 먼저 가셔도 돼요."
"말도 안 되는 소리 하지 마. 다 큰 남자애랑 의식 없는 여자애를 두고?"

보라가 지적하자 미카엘라의 얼굴이 빨갛게 물들었다.

"아니, 저 이제 열다섯 살이고. 다 큰 건 아닌데."
"처음 봤을 때보단 무럭무럭 자랐지. 키도 꽤 컸고."

보라가 자기 무릎에 누운 윤세이의 얼굴을 내려다보며 중얼거렸다.

"너네가 클수록 내가 점점 어른이 되어 가긴 하는 걸까."
"네?"

미카엘라의 되물음에 보라는 손을 내저었다.

"아무것도 아니야."

미카엘라의 눈동자가 윤세이에게서 보라의 얼굴로 향했다.

"누나도 고민 있어요?"
"해결해 줄 것도 아니면서 왜 물어."

보라가 어물쩍 넘기려고 했지만 미카엘라는 생각보다 단단했다.

"해결할 수 있는 고민만 말해야 하는 건 아니잖아요."

미카엘라가 살짝 고개를 숙였다.

"그리고 오늘, 이렇게 저 도와주셨잖아요. 사실… 마녀랑 초능력자는 사이가 안 좋다는 거 알아요. 이번 일 때문에 마녀 쪽에서 누나한테 뭔가 벌이라도 줄까 봐 사실 좀 걱정이 돼요."

그렇게 되면 전부 저 때문이라고 말씀하세요. 미카엘라는 단호한 표정으로 말했고 보라는 잠시 웃음을 터뜨렸다.

"왜 웃어요."

투덜거리는 미카엘라의 머리를 쓰다듬으며 보라가 쿡쿡 남은 웃음을 이어 갔다.

"너희랑 나랑 닮은 구석이 있구나 싶어서."
"닮은 구석요?"

보라는 다리를 쭉 폈다. 어차피 젖고 더러워진 옷, 될 대로 되라지. 세이의 체온이 떨어지면 위험하니 오래 이야기를 할 수야 없겠지만 언제든 누군가에게든 하고 싶은 이야기가 있었다. 윤정 말고, 어쩌면 마녀와 가장 먼 대척점에 있는 초능력자에게.

"사실 여기 오기 전에 내 선배랑 좀 다퉜어."
"아…."

미카엘라가 뒷머리를 긁적거렸다.

"죄송해요. 유월 쌤한테 부탁해서 누나에게 전화해 달라고 할 땐… 그런 건 생각하지도 못했어요."

보라가 고개를 저었다.

"아냐. 단체에서 받는 벌이나 선배와 싸우는 게 정말로 무서웠다면 여기 오지 말았어야 했어. 그런데도 이런 선택을 한 건 나고."

처음 만났을 때 기억나니. 보라가 묻자 미카엘라의 얼굴이 붉게 물들었다.

"기억나죠. 제 목숨을 구해 주셨잖아요."
"구해 줬다기보단, 우리 둘 다 운이 좋았던 거였어. 지금 생각하면."
"네?"

미카엘라가 눈을 깜박이자 보라는 웃음을 섞어 말했다.

"나 그때, 빗자루 초보 운전자였거든. 오죽하면 하늘 날다가 항로에서 벗어나고 그랬다니까? 어쩌면 널 주운 위치도 항로 이탈 지점이었을걸?"

미카엘라가 멍한 표정을 지었다.

"… 전 그때 누나가 엄청 멋있다고 생각했는데요."
"속았지. 우린 초짜랑 초짜였던 거야. 넌 어쨌건 그때 이후로 잘 버텨서 중학생이 된 거고. 그러고 보니 그 뒤로 2년 지났지? 이제 그때의 나랑 지금의 너는 나이 차이가 세 살밖에 안 나."
"생각해 보니까 그렇네요?"

미카엘라가 머리를 감싸 쥐고 중얼거렸다.

"뭔가 그때 상황에 대한 제 환상이 지금 와장창 깨지고 있어요."
"아하하."

세이의 몸이 너무 차지는 않은지 한 번 더 쓸어 본 후, 보라는 말을 이었다.

"난 지금 예비 마녀 1년 연장 상태야. 이번 해가 끝나야 진짜 마녀가 될지 말지 결정할 수 있는 거지. 원래는 작년 말에 정했어야 하는데, 확신이 안 섰어."

미카엘라가 갸웃거렸다.

"확신이요?"
"내가 마녀가 될 수 있다는 확신."

보라는 약간 복잡한 마음으로 미카엘라를 보았다. 초능력자는 타고나는 존재이기 때문에 미카엘라와 세이는 보라와 같은 고민을 할 수 없을 터였다. 될 수 있느냐, 될 것이냐, 계속 이 자격을 유지할 수 있느냐는 마녀들만의 고민이었다. 이런 걸 말한다고 과연 미카엘라가 이해할 수 있을까 싶긴 했지만 어차피 미카엘라가 그러지 않았는가. 해결할 수 있는 고민만 말해야 하느냐고.

그러니 지금 말해 버리자.

"난 특별히 잘하는 게 아무것도 없어. 그건 마녀

강보라가 아니라 인간 강보라로서도 마찬가지야. 그래서 마녀가 되면 뭘 어떻게 해야 할지, 선배 마녀의 도움 없이 마녀로 살 수 있을지가 벌써부터 무서워."

미카엘라가 작게 중얼거렸다.

"누나가 잘한 게 있어요."
"응?"

미카엘라가 머뭇거리며 말했다.

"절 구해 줬잖아요. 그리고 지금도 세이를 구해 줬잖아요. 그건 안 변해요."
"그러네."

미카엘라가 핸드폰을 만지작거렸다.

"선생님한테 전화해."
"세이가 깨어난 다음에 거는 게 낫지 않을까 해서요."
"저쪽에선 너랑 세이가 돌아오는 시간이 늦어질수록 더 큰 난리가 날걸."
"그렇네요."

미카엘라는 어느 선생님에게 전화할지를 고민했다. 제일 먼저 떠오른 건 유월이었지만 유월은 세이에게 공격당한 지 얼마 되지 않았다. 그렇다면 그다음은… 방범대 담당 교사인 신성환이었다.

신성환에게 연락하는 것이 옳은 선택이라는 것을 미카엘라는 알고 있었다. 신성환은 방범대의 호출 장치를 이용해서 이쪽의 위치를 정확히 파악할 수 있고, 차를 이용해 세이를 안전하게 옮길 수 있었다. 하지만, 보라 누나가 여기 있는데 신성환 선생님을 불러도 되는 걸까. 미카엘라는 눈치를 보다가 보라가 눈을 부릅뜬 것을 보고 호출기 버튼을 눌렀다.

"… 미카엘입니다. 신성환 선생님, 저희 탄천에 있어요."

호출에 바로 응한 신성환의 차가 이내 탄천 변에 도착했다.

"미카엘 학생. 윤세이는 괜찮나?"
"네…."

신성환이 탄천 경사로를 미끄러지듯 빠르게 내려왔다. 신성환은 몸을 숨길 생각도 없이 세이를 감싸고 있는 보라를 보고 얼굴을 찡그렸다.

"미카엘 학생. 외부인을 끌어들이면."

보라가 먼저 손을 내저었다.

"미카엘라하고 세이가 초등부 학생일 때부터 아는 사이예요. 초능력자라는 거 감추지 않으셔도 돼요. 드림학교엔 배달도 종종 갔으니까요."
"배달이라뇨. 그러고 보니 어떻게 여기까지…."

주변을 훑던 신성환의 눈에 보라의 청소기가 들어왔다.

"마녀입니까?"
"네."

아무렇지 않다는 듯 보라는 대답했다. 신성환의 화살은 미카엘라를 향했다.

"윤세이 학생은 벽 부수고 무단 탈주하더니, 미카엘 학생은 멋대로 방범대 활동지 이탈을 한 데다가 마녀와 접촉까지 한 건가? 교칙이라는 게 왜 있다고 생각하나? 방범대 규칙은?"

미카엘라가 고개를 숙였다가 두 주먹을 쥐고 쥐어짜듯 말했다.

"교칙에, 마녀와 접촉하면 안 된다는 얘기는… 없잖아요."
"그걸 빼고 지금 네가 저지른 일만으로도 방범대 퇴출은 당연하고, 윤세이 학생 일까지 합하면 정학 내지 퇴학도 의논할 수 있어."

보라가 목소리를 내었다.

"저기요, 선생님? 성함이 신성환 선생님 맞으신가요?"
"그렇습니다."

신성환은 맹랑한 어린 마녀를 쏘아보았다. 무릎에

드림학교 학생을 눕히고 있지만 않았다면 당장 공격하거나 피했을 터였다. 언제 저 마녀가 본색을 드러내 학생들을 해치려 들지 일말의 불안감이 들었다.

"선생님도 초능력자죠?"

보라가 물었다.

"당연한 소리를."

신성환이 말을 짧게 끊었다. 보라의 눈썹이 위로 솟았다가 애써 평정을 찾았다.

"초능력자라서 힘든 적 있었을 거 아니에요. 지금 내가 마녀인 게 중요해요, 세이가 죽을 위기에 처한 걸 미카엘라가 구한 게 중요해요?"
"마녀 주제에 초능력자 일에-"

그때 쿨럭, 보라의 무릎에서 작은 기침 소리가 들렸다. 보라와 신성환은 서로를 노려보다가 이내 윤세이를 향해 고개를 돌렸다.

"감기 들겠네요. 데려가세요."

보라는 미카엘라가 윤세이를 업게 하고 일어섰다. 화가 치밀었지만 어쩔 수 없었다. 초능력자 학생들의 일에 마녀가 끼어드는 게 죄는 아니겠지만, 자신이 개입해서 미카엘라와 세이가 피해를 입는다면 굳이 그러고 싶지는 않았다.

신성환은 차에 미카엘라와 윤세이를 태우고 학교로 돌아갔다.

"재수 없어. 진짜."

어느새 비가 그쳤다. 보라는 은신 망토를 걸치고 청소기를 비행 모드로 조작하며 투덜거렸다. 돌아갈 시간이었다. 마녀의 장소, 수내동으로.

윤세이가 심하게 감기를 앓고 난 후 처벌 위원회가 열렸다.

9. 실패할 기회를 주세요

처벌 위원회는 조용히 열렸다. 잘못이 명백했고, 처벌을 어느 수위로든 내릴 수 있을 정도로 사건의 여파가 심각했다. 세이렌이 서현역에서 대피시킨 사람들의 기억 어느 한편에는 미심쩍은 부분이 생겼을 것이다. 윤세이와 싸운 초능력자 둘은 앞으로 계속 드림학교 아이들을 시비 걸 타깃으로 삼을 수도 있다.

"윤세이 학생. 무단으로 마법 물품 사용, 저주계 물품 무단 반입, 학교 기물 파손, 무단 외출, 규정 외 싸움. 더 저지른 게 있나?"

윤세이는 고개를 저었다. 신성환은 윤세이의 교칙 위반 항목을 살피는 과정에서 '마녀와 초능력자의 접촉'이 정말로 교칙상 금지 행위가 아니라는 사실을 알았다. 하지만 신성환은 마녀가 거북했다.

거북할 수밖에 없었다. 그의 일가에도 마녀의 피, 정확히는 한때 마녀에게 육체를 제공했던 사람의 피가 흐르고 있어서였다.

'그분 성함이 안마리였던가.'

이모뻘로 보였던 그분은 신성환의 먼 친척이었다. 집안 어른들은 그런 친척이 없다고 했지만 신성환은 성남에 부임했을 때 그 이름을 기억해 냈다. 마녀가 육체를 빌린 사람의 주변인들 기억에 간섭한다는 사실도. 마녀와 접촉해서 좋을 것은 없으니 그분에게는 아무 연락도 하지 않았다. 무엇보다 자신은 어린 초능력자들을 지켜야 하는 선생이었다.

'그런데 이 꼴이 되었으니, 원.'

윤성환은 자신의 앞에 있는 어린 초능력자를 내려다보았다.

윤세이는 고개를 숙이고 처벌이 내려지기를 기다렸다. 옆에서 미카엘라가 윤세이의 어깨에 제 어깨를 가볍게 부딪쳤다. 미카엘라 역시 사건의 원흉 내지 방조자로 지목되어 처벌 위원회에 참석하고 있었다. 윤세이는 지금의 상황이 메뚜기 사건 때문에 유월 쌤에게 꾸중을 듣던 열세 살 그날의 상황과 비슷하다는 생각이 들었다.

그래. 내가 벌을 받는 게 낫지.

퇴학당하면 윤세이 자신은 일반 학교로 갈 수도 있었다. 초능력을 이제 어지간히 조절할 수 있으니 대안학교에 다니다 왔다고 둘러대면 큰 관심은 받지 않을 터였다. 그리고 무엇보다 윤세이에게는 엉엉 울며 돌아갈 집과 그곳에서 자식을 기다릴 부모님이 있었다.

하지만 그때도 지금도 미카엘라에게는 윤세이가 가진 것들이 없었다. 미카엘라에게는 김앤장 드림학교가 삶의 전부였다. 초능력 제어가 능숙해졌다 해도 미카엘라의 초능력이 지나치게 위험하다고 판단되면 일반 학교에 갈 수 없을지도 모르는 일이었다.

윤세이는 미카엘라가 처벌 위원회장에 들어오기 전에 한 말을 떠올렸다. 미카엘라는 후들후들 떨리는 손으로, 애써 웃는 얼굴을 만들려고 뺨을 문질렀다. 낮아진 목소리가 미카엘라의 입에서 흘러나왔다.

"양육권이 어떻게 될지는 아직 모른대."

윤세이가 흠칫했다.

"그럼 어디로 갈지, 누구랑 살지 모르는 거야?"
"프랑스로 갈 수도 있어. 엄마가 거기 계시거든. 프랑스어를 배우는 데 시간은 걸리겠지만."

미카엘라는 벽에 기대 있다가 미끄러지듯 주저앉았다.

"가기 싫어. 한국 집이든, 프랑스든. 엄마랑 살든 아빠랑 살든."

"왜."

일부러 퉁명스럽게 굴려고 윤세이는 노력했다. 이번에야말로 이별할 수도 있다는 생각이 들어서였다. 미카엘라는 무릎을 모아 팔로 감쌌다.

"여기가 좋아. 너는 나를 미카엘라라고 부르고, 누구는 미카라고 부르고, 선생님은 미카엘이라고 부르고. 이름을 세 개나 가지고 살 수 있잖아. 엄마도 아빠도 낯설어. 여기서 살고 싶어."

곧 처벌 위원회 시작을 알리는 종소리가 울렸다. 먼저 들어가려는 윤세이의 옷깃을 미카엘라가 살짝 잡아당겼다.

"너도 어디 가지 말고, 여기서 나랑 계속 살았으면 좋겠어."

윤세이는 미카엘라의 손가락을 하나하나 떼어내며 억지로 웃었다.

"저지른 위반이 워낙… 많아서 말이지. 미안해."

윤세이가 미안해할 일은 아니었다. 시간을 되돌려 미카엘라를 좋아하는 초등부 여자아이가 염사능력자인 친구에게 미카엘라의 사진을 조르지 않았다면 이 모든 일은 없었을 수도 있다. 하지만 어차피 일어날 일이었는지도 모른다. 그때 여자아이가 사진을 빼앗기지 않았더라도 윤세이와 미카엘라는 계속 서현역 앞 거리를 걷고 노래방에 가고 햄버거를 사 먹고 오락실에서 리듬 게임을 했을 터였다. 일상이었다. 일상에 끼어든 자그마한 바늘이 결국 일상을 산산조각 내었다 해도, 바늘을 만든 사람을 탓할 수는 없었다.

'걔네도 엄청 울었고 말이지.'

처벌 위원회가 열린다는 말에 새파랗게 질린 얼굴로 달려와 그 애들은 한참 울었다. 죄송해요. 죄송해요. 저희가 벌 받으면 안 돼요? 저희가 잘못했어요. 조르고 매달렸다. 윤세이는 그 손들을 뿌리칠 수밖에 없었다. 그 애들은 이미 자신들의 규칙 위반에 대한 벌을 학교에서 받았고, 죄책감은 넘치도록 안고 있었다.

"미카엘 라 르블랑."

신성환 교사가 미카엘라의 풀 네임을 불렀다. 윤세이의 의식이 다시 현재로 돌아왔다. 신성환 교사는 무표정하게 손에 든 종이를 보며 말했다.

"다른 학교로 가는 건 어떠냐. 초능력자 학교는 여기 말고도 있어. 여기서 너는 이미 너무 눈에 띄는 사람이 되지 않았나."

"안 돼요!"

윤세이가 뭐라고 하기도 전, 갈라진 미카엘라의 목소리가 튀어나왔다.

미카엘라가 바닥에 무릎을 꿇었다.

"뭐든 다 할게요. 아니, 퇴학시키셔도 좋아요. 교실에 못 들어가도 좋아요. 저 여기서 내쫓지만 말아 주세요. 저 이제 학교 밖에는… 밖에는… 아무 데도 갈 곳이 없어요. 엄마도 아빠도 앞으로 어디서 살지 몰라요. 저한텐 여기가 집이에요."

투두둑, 눈물이 미카엘라의 무릎으로 떨어졌다.

유월이 손을 들었다.

"신성환 선생님. 미카엘 학생이 고의로 시끄러운 일을 벌인 건 아니잖아요."

"하지만 시끄러워졌지요. 학생들이 위험한 상황에 처했고."

"교사에게는 학생을 지도해야 할 책임이 있어요. 다른 학교로 보낸다는 건 결국 우리가 아이들을 제대로 키우지 못했단 걸 인정하는 셈 아닌가요?"

날이 선 유월의 말에 신성환 교사는 헛기침을 삼켰다.

유월이 미카엘라 옆에서 무릎을 꿇었다.

"이 애들에게는 여기뿐이에요. 세이에게도, 미카엘에게도 선처를 부탁드립니다. 제게는 관리 감독을 소홀히 한 잘못이 있으니 앞으로는 성실히 하겠습니다."

유월의 팔에는 새 시계가 채워져 있었다. 윤세이는 가만히 서 있다가 신성환을 보았다. 약간 올려다봐야 할 정도의 키 차이. 남자 어른. 선생님. 저 사람은 우리에 대해 어떤 생각을 할까. 뭘 하고 싶은 걸까. 윤세이는 고개를 다시 숙였다. 신성환 교사가 한숨을 내쉬었다.

"유월 선생님까지 무릎을 꿇을 필요는 없습니다."

"제 학생입니다."

유월은 무릎을 꿇은 상태로 생각했다. 이 학교에는 초능력자가 아닌 사람이 필요하다고. 비초능력자 입장에서, 초능력자를 이해하고, 초능력자가 비초능력자의 세계에서 살아가는 방법을 알려 줄 사람이 필요하다고. 그때 아스라이 보라의 얼굴이 머릿속을 스쳐 지나갔다. 유월은 무릎 위에 올려 둔 두 주먹을 꽉 쥐었다.

신성환은 유월의 손을 잡고 일으켰다.

"…."

그다음으로 미카엘라의 손을 잡아 일으켰다.

"…."

둘의 손을 놓은 신성환은 책상에 걸터앉았다.

"그렇게 절실하다면, 뭐든지 할 수 있나? 미카엘 학생, 윤세이 학생."
"네."

둘의 목소리가 겹쳐지듯 나왔다. 하나는 조금 높게, 하나는 그보다 낮게.

신성환은 칠판 앞으로 가서 한 달 후의 날짜를 적었다. 정확히는 한 달 후 주말이었다.

"운동회 날이다. 너희가 1년 중 유일하게 가족을 학교에 초대할 수 있는 날이고."

미카엘라가 마른침을 삼켰다.

"미카엘 너는 운동을 그럭저럭 잘하는 모양이지만 윤세이 체육 점수는 형편없던데, 둘이 운동회 계주 주자로 나간다고 약속하면 이번 사건은 반성문과 교내 봉사로 마무리해 주마."

처벌 위원회의 종료를 알리고 걸어 나가는 신성환을 유월이 빠르게 뒤쫓았다.

"신성환 선생님!"
"왜 그러십니까."

유월은 숨을 고르고 말했다.

"정말인가요? 정말로, 교내 봉사 정도로 마무리 할 수 있는 일인 건가요?"

신성환은 얼굴을 살짝 찡그렸다.

"물론 저와 유월 선생은 반성문과 교내 봉사 이상의 일을 해야죠. 초능력자 학생의 관리에 대한 추가 교육 이수를 해야 할 겁니다."

신성환 교사는 아직 미카엘라와 윤세이가 나오지 않은 교실을 보며 피식 웃었다.

"저 나이에는 자신과 싸우는 게 제일 어렵죠. 한 번 해 보면, 남들과 싸우는 것보다 훨씬 어렵다는 걸 알게 될 겁니다. 부디 그랬으면 좋겠군요."

그건 신성환이 내릴 수 있는 최대의 선처이자 벌이었다. 아직 낯부끄러운 자신의 모습을 남들 앞에 드러내는 것. 그 과정에서 일어나는 일들을 피하지 않고 온몸으로 들이받는 것. 그러다 보면 땅은 네 발아래 있고 하늘은 네 머리 위에 있는, 평범하고도 오래 갈 풍경이 보일 것이라고 신성환은 생각했다. 그 과정이 얼마나 민망하고 힘겹든 간에.

그렇게 아이들은 자라는 법이니까.

10. 너하고 달리기

"운동회 계주 주자요? 미카하고 세이가?"

제일 뜨악한 반응을 보인 것은 같은 반 아이들이었다. 개중에는 차라리 징계를 더 받는 게 낫지 않겠냐는 반응도 있었다.

"나 같으면 외출 금지 먹거나 봉사활동 더 할래."
"나도. 너무하다."

아이들이 이런 반응을 보이는 것은 김앤장 드림학교 운동회가 가진 특징 때문이었다. 운동회는 학생들이 초대하는 사람에 한해 외부인이 교내에 출입할 수 있는 거의 유일한 행사였다. 집으로 돌아가는 방학 기간을 빼고 거의 대부분의 시간 동안 가족과 떨어져 보내는 학생들에게는 각별한 이벤트이기도 했다.

"… 그렇지만 뭐, 미카니까."

처음에 웅성거리던 아이들도 '미카니까'라는 말이 나온 후에는 수그러들었다.

미카엘라가 달리기를 잘하기 때문이 아니었다. 미카엘라의 달리기 실력은 반에서 중간 정도였다. '미카니까'라는 말 안에 숨은 의미는 따로 있었다.

미카엘라는 지금까지 단 한 번도 운동회에 부모님을 부른 적이 없었다.

"이번 계주에서 우리 반은 그냥 진 걸로 하자."

아이들이 한숨을 푹 쉬었다. 곧 그들의 시선은 윤세이에게로 쏠렸다. 윤세이는 짜증을 내며 아이들의 시선을 받아쳤다.

"뭐. 왜. 나 달리기 못하는 거 알아줘서 고맙다!"

윤세이의 달리기 실력은 반에서 최하위였다. 아마 학년 전체를 놓고 봐도 바닥에 가까울 게 뻔했다. 그런 윤세이가 계주 주자라니. 신성환이 윤세이에게 하는 복수라는 게 중론이었다. 신성환이 내건 조건대로라면 윤세이는 마지막 주자인 앵커 또는 그 직전 주자를 맡아야 했다. 아무래도 윤세이에게 앵커를 맡길 수는 없으니 끝에서 두 번째 주자로 선발해야 할 텐데, 그전까지 윤세이네 반 계주 선수들이 아무리 잘 달려 봤자 윤세이 차례가 되는 순간 꼴찌로 떨어지리라는 건 안 봐도 블루레이였다. 그래도 아이들은 이걸 '벌'로 내건 신성환이 너무하다고 생각했지, 미카엘라나 윤세이를 탓하지는 않았다. 생각해 보면 윤세이나 미카엘라나 남 때문에 고생한 거고, 대부분의 아이들은 자신이 둘 중 하나의 입장이었다면 충분히 사고를 치고도 남았을 거라 생각하고 있었다. 중 2란 그런 나이니까. 넘치는 에너지와 부족한 인내심이 만나면 무슨 짓을 저지를지 모른다.

"양심이 있지. 연습을 하자."

적극적으로 나선 건 뜻밖에도 미카엘라였다. 운동회가 아직 한 달이나 남았는데, 윤세이를 운동장으로 끌어내는 데 성공했다. 윤세이는 저녁밥 먹기 전에 30분만 뛰어 보자는 미카엘라의 부탁을 거절하지 못하고 질질 끌려갔다.

"내가 살을 뺄 것도 아닌데 이렇게까지 해야 할까…?"

"그치만 진짜로 꼴찌 하면 반 애들한테 너무 미안하잖아."

50m 이상 뛰는 건 질색인 윤세이는 발이라도 구르고 싶었다.

"아니, 내가 뛰기 전부터 꼴찌일 수도 있고! 어차피 애들 다 포기하고 있다고!"

"세이야."

미카엘라가 진지한 표정으로 세이의 어깨를 잡았다.

"내 부탁이야. 좀 들어줘."

그리하여 둘의 한 달간 특훈이 시작되었다.

1분 뛰고 1분 걷기부터 시작해 뛰는 시간을 2분, 3분으로 늘려 나가는 훈련이었다. 30분 동안 걷다 뛰다를 반복하면 적어도 2km 이상은 움직이게 된다. 트랙 한 바퀴가 고작 500m인 운동장. 계주 코스 길이가 2000m고 계주 선수는 네 명이니까 한 학생이 한 바퀴씩만 뛰면 되지 않냐. 그 정도를 내가 못 할 것 같으냐는 윤세이의 의견은 미카엘라의 한 마디에 묵살되었다.

"응. 못 해."
"왜!"

미카엘라는 윤세이가 새로 받은 초능력 봉인 목걸이를 가리켰다.

"너, 지금까지 밖에서 능력 써서 뛸 때 반탄력으로 속도 낸 거 내가 모를 줄 알아?"
"아오, 진짜. 까다롭기는."
"난 네 버디야. 그 정도는 훤히 안다고."

당연히 운동회에서는 초능력을 쓸 수 없다. 초능

력을 쓰지 않고 본연의 힘으로 승부하는 게 운동회의 모토였다. 세이는 미카엘라의 '부탁'과 평생 비밀에 부칠 미카엘라의 말 때문에 울며 겨자 먹기로 특훈에 참여했다.

"세이야. 나 뭐든 손에 들면 무게 측정할 수 있는 거 알지. 너 요즘 군것질 너무 많이 해서 무겁-"
"아아아악! 거기까지 거기까지! 비밀이야 그건!"

젠장. 성장기 청소년이 살 좀 찌면 어떻단 말이냐. 하지만 적당한 유산소운동은 살도 빼 주고 키 자라는 데도 도움이 된다니 해야지. 윤세이는 자기보다 키는 작으면서도 발은 빠른 미카엘라의 구령에 맞추어 열심히 운동장을 돌았다.

그리고 그 모습은 김앤장 드림학교의 운동회 전 구경거리가 되었다.

"야, 미카 선배 또 운동장 뛴다. 윤세이 선배랑 같이."
"무슨 소몰이하듯 달리냐…. 윤세이 선배 불쌍해…."
"미카 선배도 불쌍하다. 윤세이 선배 달리기에 진짜 소질 없는데…."

그 말대로, 겨우 한 달의 단기 훈련으로 윤세이의 달리기 실력이 크게 늘지는 않았다. 물론 50m 이상 뛰면 이제부턴 무조건 걷겠다고 하던 처음보다야 나아졌지만, 500m를 전력 질주 하고 나면 제자리에 주저앉아 헥헥거렸다. 윤세이의 저질 체력을 실감한 미카엘라는 윤세이가 그동안 대체 어떻게 싸운 건지 의아해했다.

"나랑 너랑은 오랫동안 친구였지만, 요즘 너의 색다른 면을 정말 많이 본다…."

윤세이는 땀을 닦던 수건을 있는 힘껏 미카엘라의 얼굴에 집어 던졌다. 미카엘라는 수건을 가볍게 받아 냈다. 윤세이가 씩씩거리며 숨을 토했다.

"아… 좀… 닥쳐…. 나 죽겠다…."

죽을 각오, 아니, 죽을 맛으로 땀 흘리며 훈련하는 윤세이에게는 또 하나의 찜찜함이 남아 있었다. 바로 부모님 초대. 전학 온 첫해에는 부모님을 초대했다. 미카엘라까지 끼워서 점심도 같이 먹었다. 하지만 중등부로 올라온 후에는 초대하지 않았다. 운동 경기에 참여하지도 않았고, 초등부 때보다는 미카엘라와 덜 붙어 다니게 되었기 때문이었다. 가끔 부모님이 전화로 미카엘라는 잘 있냐고 물어보면 대충 잘 있다고 대답해 주는 게 전부였다.

"부모님한테… 오시라고 해야 하나…."

작년에는, "중등부 자식 운동회에 오는 엄마 아빠가 어디 있어! 나 경기에도 안 나가!"라고 외치며 부모님을 막았다. 단체 경기에는 참여했지만 그 정도 거짓말이야 눈감아 주겠거니 하며. 그런데 올해는 어쩐 일인지 윤세이가 계주 주자가 되었다는 것을 부모님이 이미 알고 있었다. 교사와의 통화 때 흘러 나간 정보겠지. 부모님은 이미 문자로 은근슬쩍 운동회 도시락에 뭘 싸 갈지 묻고 있었다.

"그냥 나를 싸서 운동장에 묻으쇼, 진짜."

윤세이는 핸드폰을 주머니에 넣고 옆에 앉아 있는 미카엘라를 보았다. 달리기가 끝난 후라 호흡도 안정되었고, 미카엘라를 한 대 쥐어박으려면 쥐어박을 수도 있었다. 미카엘라가 씩 웃으며 말했다.

"신성환 선생님이 자기 자신하고 싸우는 게 제일 어렵댔는데, 윤세이 잘 싸우네."

예쁜 얼굴로 하는 말이었지만 한 대 때리고 싶었다.

시간이 빠르게 흘러, 운동회 날이 다가왔다.

오전에는 단체전 경기가 있었다. 초등부의 박 터뜨리기, 중등부의 배구, 고등부의 농구와 축구 등이 진행되었고 학생들의 환호성, 보호자와 친구들의 박수가 이어졌다. 윤세이는 기어코 도시락을 싸 온 부모님께 투정을 부리면서도 젓가락을 들었다. 점심시간이 끝나고, 응원전이 펼쳐진 후에는 계주 경기가 열린다. 적당히 잘 먹어 둬야 했다. 소화가 잘되는 요리만 싸 온 부모님께 고마움을 느끼며 윤세이는 꾸역꾸역 음식을 입안으로 집어넣었다.

"세이야. 그만 먹어."

물론 옆에는 얄밉게도 미카엘라가 함께 있었다.

"밥 좀 먹자."
"배부르면 뛰다가 옆구리 아파."
"너도 우리 부모님이 싸 온 도시락 먹고 있잖아!"

미카엘라가 겸연쩍은 듯 머리를 긁었다. 미카엘라는 잠시 일어서서 사방을 두리번거리더니 윤세이에게 말했다.

"나 계주 전까지 경기 없으니까 좀 돌아다니다 올게. 세이 부모님, 식사 맛있게 먹었습니다."
"야, 어디 가!"

미카엘라는 아무도 없는 학교 건물 뒤편에서 숨을 천천히 들이쉬고 내쉬었다.

이뤄질까. 이뤄지지 않을까.

자신은 초등부 학생일 때부터 이 건물 안에서 생활했고, 그 이후 가족을 만난 적이 없었다. 방학에도 집에 돌아가지 않았다. 동생이 생겼다고 했던가? 그런 말을 정말 들었는지도 가물가물했다. 엄마와 아빠를 만난다고 한들 뭐라고 불러야 할지 모르겠다는 생각이 들 정도로 가족이 어색하게 느껴졌다.

부모님에게는 잠깐일지도 모르지만 미카엘라에게는 드림학교에서 보낸 시간이 평생의 절반이었다.

인생의 절반 동안 만나지 않은 사람의 얼굴이, 머릿속에 아직 남아 있을까.

나는 엄마와 아빠를 알아볼 수 있을까.

"계주 주자, 준비!"

경기가 시작되기 직전까지도 미카엘라는 교사(校舍) 뒤에 주저앉아 있었다. 하늘은 맑았고, 운동장으로 나갈 용기가 나지 않았다. 그때 누군가 뒤통수를 후려쳤다.

윤세이였다.

"야! 계주 선수 모이라잖아!"

선수용 조끼를 제대로 입고, 머리에 끈까지 두른 윤세이가 미카엘라 몫의 조끼와 머리 끈을 건넸다. 미카엘라는 씩 웃으며 윤세이와 같은 차림을 갖췄다. 윤세이가 빨리 오라며 성큼성큼 걸어가자 미카엘라는 여전히 웃음을 머금은 채로 윤세이와 걸음을 맞췄다.

"세이야. 나 사실 비밀이 하나 있어."

"또? 뭔데."

미카엘라는 교사의 그늘에서 빛 속으로 나가기 전, 웃는 얼굴을 그대로 유지하며 말하려 애썼다.

"지난주에 엄마랑 아빠한테 문자 보냈어. 운동회에 와 달라고."

윤세이가 걸음을 멈췄다.

"답장은 왔어?"
"안 왔어."
"학교 주소는 알지?"
"알겠지. 그래도 아들 사는 곳인데."

미카엘라가 앞서서 걷기 시작했다.

"사실 안 와도 좋아. 어쨌든 난 계속 여기 있을 거니까. 그런데 딱 하나만 알려 주고 싶어."

빙그르르, 미카엘라가 발끝으로 가볍게 돌았다.

"나 완전 잘 컸지? 너랑 처음 만났을 때하고 비교해도."

윤세이가 떨떠름하게 대답했다.

"잘 컸지."
"그치?"

미카엘라가 자신보다 키가 큰 윤세이를 살짝 올려다보며 말했다.

"난 더 자랄 거야. 키도 클 거고, 더 씩씩해질 거

야. 그러니까 지금 이 순간까지… 지금까지 내가 얼마나 잘 자랐는지 엄마랑 아빠에게 보여 주고 싶어. 엄마 아빠랑 떨어지더라도 난 여기 있으면 된다고. 날 데리고 어디 갈 생각 하지 말라고."

윤세이는 잠시 할 말을 잊은 얼굴로 미카엘라를 쳐다보았다.

"… 집에 가기 싫다는 시위?"
"이제 우리 집이 어딘지도 모르는걸."

미소를 지으며 미카엘라는 햇빛 속으로 나섰다. 멀리서 계주 담당 교사가 둘을 보고 빨리 오라며 손짓했다.

윤세이가 세 번째, 미카엘라가 파이널 주자.

"야, 잘해라!"
"꼴찌 해도 된다! 걷지만 마라!"
"야~ 우리 다 우리 반이 꼴찌 한다에 걸었어!"

미카엘라가 응원 아닌 응원에 키득거렸다.

"달리기가 끝날 때까지는, 엄마 아빠가 오셨는지 살펴보지 않을 거야. 괜히 마음 뒤숭숭해지면 경기 망칠 거 같아."

미카엘라가 앵커 자리로 옮겨 가며 윤세이와 주먹을 툭, 부딪쳤다.

"최선을 다하는 것만 생각해. 우린 어쨌든 신성환이 낸 벌칙을 다 받은 거잖아."

당연한 미카엘라의 말에 윤세이는 가슴 한구석이 따뜻해지는 걸 느꼈다.

최선을 다하자. 너랑 하는 달리기잖아.

그리고 우리가 언제 또 계주 주자로 나서 보겠어?

- 탕!

신호총 끝에서 연기가 피어오르고, 첫 번째 주자들이 달리기 시작했다.

"김앤장 드림학교 운동회 마지막 경기, 시작합니다!"

경기가 끝나고 미카엘라는 운동장을 돌아보았다. 막 달리고 난 후라 호흡이 거칠었다. 가슴이 두근두근 뛰었다. 이건 설렘일까, 달린 뒤의 단순한 신체 반응일까. 스스로에게 물어도 답은 나오지 않았다. 관객석에는 이미 빠져나가는 사람들도 있었다. 보호자에게 달려가 안기는 아이도 있었다. 기념사진을 찍는 아이도 있었다. 그 가운데, 미카엘라는 자신의 뿌리가 되어 준 사람을 찾아 주변을 둘러보았다.

"저 차…."

미카엘라의 입에서 중얼거리듯 탄성이 흘러나왔다.

초등부에 처음 들어갈 때 탔던 차와 같은 차가 운동장 안으로 들어오고 있었다. 차종만 같은지, 번호판까지 같은지는 알 수 없었다. 한 차를 8년 동안 타는 사람이 흔할까? 정말 저 차를 모는 사람이 부모님인지는 전화 한 통만 걸어도 바로 알 수 있을 터였다. 아니면 뛰어가서 차를 잡을 수도 있었다. 차에 비하면 턱없이 느린 발이지만, 지금이라면 가능할 것 같았다.

"야, 나, 우욱, 쏠려…."

미카엘라보다 먼저 뛰고서 아직도 숨을 다 고르지 못한 윤세이가 미카엘라의 어깨를 쳤다. 미카엘라는 익숙한 그 손길에 뒤를 돌아보았다. 윤세이는 정말로 토할 것 같다는 표정으로 얼굴을 잔뜩 찡그리고 있었다. 미카엘라는 세이의 어깨를 잡고 환하게 웃었다.

반 아이들이 하나둘 몰려들었다.

"야, 우리 꼴찌에서 2등! 너네 완전 잘했다!"
"윤세이가 꼴찌를 안 했어! 미카엘라느님 최고다! 운동 감독 해라! 운동선수 해라!"

다섯 반 중의 4등이 뭐가 그리 좋다고 호들갑인지. 미카엘라는 멋쩍은 얼굴로 세이의 어깨를 잡은 손을 놓았다. 누군가 윤세이의 등을 두들기는지, 윤세이가 헛구역질하는 소리가 들렸다.

"두 번 다시, 우웩, 달리기 안 해."

윤세이의 투덜거림을 들으면서도 미카엘라는 어쩐지 날아갈 것만 같았다. 시험 삼아 발을 굴러 보았지만 착용하고 있는 초능력 제어 핀 때문인지 몸이 날아가지는 않았다. 그렇다면 이건 진짜 나의 기분이구나. 미카엘라는 세이에게 말했다.

"아냐, 너 상당히 잘 뛰었어. 이제부터 나랑 저녁 먹고 운동장 세 바퀴씩 뛰자."

"날 죽여!"

"너 피곤하다고 쉬는 시간마다 엎드려서 과자 먹지? 그러면 소화도 안 되고, 자세도 엉망 되잖아. 과자를 끊든 나랑 뛰든 하자. 너 몸무게가-"

"아악! 닥쳐!"

"맨날맨날 살 뺀다고 하잖아! 나랑 같이 운동해!"

별것 아닌 투닥거림. 그리고 맑은 하늘. 운동장의 모래 먼지. 주위를 둘러싼 반 아이들.

태양 아래 힘껏 달리고 나서 등에 배어든 땀방울.

서현역 뒷골목에서 흘렸던 땀과는 전혀 다른 느낌.

"너, 어디 안 갈 거지?"

윤세이가 씨근거리며 물었다. 아이들이 수군거

렸다. 미카 전학 가? 진짜 퇴학이야? 1등 안 하면 퇴학이라거나 그런 조건이 있었어?

미카엘라는 대답했다.

"안 갈 거야. 여기서 고등부도 다니고, 졸업도 할 거야."
"그다음엔?"
"그건 그때 생각할래."

아직 시간은 남아 있으니까. 160cm에 불과한 키도 조금은 더 크겠지. 반장이 저 멀리서 소리쳤다.

"야, 이제 제어 핀 떼도 된대!"

미카엘라는 제어 핀을 떼서 윤세이에게 건네주었다.

"세이야, 이거 봐라?"

미카엘라는 온몸으로 천천히 힘을 풀어냈다. 열기와는 다른 흥분이 머리끝부터 발끝까지 퍼져 나갔다.

미카엘라의 발이 한 뼘쯤 허공으로 떴다. 미카엘라가 머리 위로 손을 얹으며 말했다.

"졸업할 때는 이 정도보다 더 클 거야!"

가슴 가득, 새파란 바람이 밀려드는 것 같았다.

에필로그. 패밀리어, 가족처럼

- 윤세이 폭주로부터 7개월 후

다시 찾아온 겨울이 스물한 살의 초입으로 다가왔다. 보라에게는 스무 살이 되던 해의 연초보다 더 춥게 느껴지는 겨울이었다. 일주일 전쯤 윤정은 보라에게 말했다.

"사무실 나갔다. 한 달쯤 있다가 새로 누구 들어올 거야."

보라는 그 말을 듣고 자신이 서 있는 곳을 새삼스럽게 둘러보았다. 겨울이면 춥고, 여름이면 조금 덥던 곳. 택배 물품 상자 안에도, 냉장고나 약장 안에도 보통 사람들은 상상하기 힘든 것이 들어 있는 곳. 이곳과 이제는 안녕이구나. 보라는 길게 숨을 내쉬었다.

생각에 잠겨 있는 보라를 윤정이 서류 뭉치로 쿡, 찔렀다.

“뭐 해?”
“네?”

윤정은 서류 중 몇 장을 꺼내더니 보라의 손에 쥐여 주었다. 보라는 작게 탄성을 질렀다. 열여덟 살의 어느 날, 제대로 읽지도 않고 덜컥 사인했던 아르바이트 계약서였다.

“그립네요.”
“내 악몽의 시작이었지.”

웃음기 없는 윤정의 반응에도 이제 익숙해졌다. 맨 뒤의 한 장은 예비 마녀 연장서였다. 1년. 바로 며칠 전에 약속했던 1년이 지났다. 보라는 종이를 뚫어져라 내려다보았다. 엮인 마녀와 엮은 마녀라는 관계를 연장하면서 겪었던 일들. 주술과 저주와 누군가를 구한 일. 여러 가지 상념들이 공기 중에 떠도는 약초 냄새처럼 흩어졌다.

“그럼 이제 풀자.”

윤정이 바닥에 종이를 깔고 도형을 그렸다. 종이 위에 보라의 머리카락을 놓은 윤정은 훅, 불을 붙였다. 나풀거리며 종이가 타들어 가는 시간은 짧았다. 보라의 머리카락과 함께 재가 된 종이는 바닥으로 가라앉았다.

윤정이 말했다.

“풀렸어.”
“아무 일도 안 일어난 거 같은데요.”
“이게 무슨 디즈니 애니메이션인 줄 아니. 마녀의 저주가 풀리면 불꽃이라도 터질 줄 알았어?”
“아니, 애초에 저주까진 아니잖아요. 그래도 이렇게 실감이 안 날 줄은.”
“후배 강보라. 입 다물어.”
“뭐 수료증이라거나 그런 거 없어요? 아…?”

보라는 계속 투덜대다 말고 자기 입을 손으로 만졌다. 예전에 윤정이 ‘선배 마녀와 후배 마녀로 엮이면 상대방의 이름을 부르며 명령할 경우 강한 강제력을 행사할 수 있다’고 말했던 게 떠올랐다. 그런데 방금 윤정이 ‘후배 강보라’라고 부르고 입을 다물라 명령했음에도 보라는 말하는 데 제약을 받지 않았다. 그 사실을 깨닫자 마음 한 곳의 단단한 무언가가 스륵, 모래처럼 흩어지는 기분이 들었다.

솔직히 말하자면, 조금 울고 싶었다.

“무방비하게 울지 마. 이제 난 널 공격할 수 있고, 너도 날 공격할 수 있어.”

윤정이 티슈를 던져 주며 보라에게 충고했다. 보라는 눈물보다 먼저 흘러나온 콧물부터 닦았다. 눈가에 뭉친 눈물을 찍어 내고 나니 윤정이 불쑥 작은 꽃다발을 건네주었다.

"무사히 마녀가 된 걸 축하한다. 이제… 나랑은 다른 곳에서 살게 된 것도."

반수는 나름 성공적이었다. 주은보다는 성적이 떨어졌지만 집에서 통학하기에는 다소 먼 거리의 서울 안 대학으로 옮길 수 있었다. 그 김에 자취를 하겠다고 나서자 엄마는 몇 번의 반대 끝에 허락했다.

"으이그. 집 나가 봐야 엄마 소중한 줄 알지."

자취방을 알아보기로 한 날까지는 아직 시간이 남아 있었다. 보라는 꽃다발을 이리저리 살펴보며 윤정에게 물었다.

"독초 아니에요?"
"평범한 꽃이란다. 너한테 무슨 힘이 있다고 내가 꽃다발에 독초까지 넣을까."

보라는 피식 웃었다.

"준비하고 나가자. 가야네 집에서 축하 파티 하기로 했잖아."
"가야 언니는 이사 안 가신대요?"
"그렇잖아도 갈 때가 됐어."
"패밀리어 때문에요?"
"아니. 애가 크니까 돌아다니면서 집 안을 다 뒤집어 놔서, 그런 애가 있어도 관리가 가능한 데로 가야겠대."

한창 왕성한 호기심을 보이며 뛰어다닐 때가 된 가야의 아이를 떠올리면서 보라는 걸음을 재촉했다.

"마녀가 된 걸 축하해!"

축하 파티는 조촐했지만 가야, 지원, 유월, 윤정이 다 모여 있어 나름대로 풍성한 자리였다. 잠든 가야의 딸이 깰까 봐 대화는 소곤소곤 이루어졌다.

"와, 정말 마녀가 될 줄은 몰랐네. 예비 마녀 기간 연장하면서까지."

"윤정 언니가 엮었으니까 가능성이 있겠다고 생각은 했지만."

유월이 눈을 찡긋했다. 보라도 슬쩍 눈을 찡긋했다.

"그거 알아? 네가 초기에 한 심부름 몇 개는 감시용이었어."

탄산음료를 벌컥벌컥 들이켠 지원이 털어놓았다.

"예?"

"엮여 있다곤 하지만 이제 갓 청소기 탄 애를 어떻게 믿어? 네가 배달하던 물건들 중에는 네가 어떻게 비행하는지 탐지하는 추적기가 달린 게 있었어."

"우와. 너무해요."

이제야 진실을 안 보라가 탄식을 내뱉었지만 윤정은 눈썹만 으쓱해 보였다.

"어디선가 사고를 당하면 구하러 가든지 처리하든지 해야 하니까."

'선배 마녀'들의 단호한 설명을 열여덟 살에 들었으면 멘탈에 금이 갔을 텐데, 시간이 지나서인지 그나마 친해져서인지 보라는 약간의 투덜거림으로 넘어갔다. 케이크를 먹고 차를 마시며 조용한 축하를 이어 가던 중에 가야가 작은 새장을 꺼냈다.

"자취하면 키우라고. 패밀리어야."
"박쥐예요?"

새장을 받아 들며 보라가 물었다. 가야는 고개를 끄덕였다.

"응. 보통 박쥐랑은 좀 다르게, 반지하 방이나 옥탑방에서도 잘 살고 마녀 패밀리어답게 훈련도 잘되어 있어."

새장은 검은 천으로 둘러싸여 있었다. 새장을 옆에 내려놓으며 보라가 물었다.

"훈련이요?"

가야가 고개를 끄덕였다.

"응. 간단한 순찰을 할 수 있고, 다른 박쥐보다 면역력이 좋고, 잘 숨어."

"어째 저보다 마녀에 더 적합한 것 같은데요."

보라의 작은 중얼거림에 가야가 소리 죽여 웃었다.

"인간한테는 동물보다 뛰어난 점이 사실 그렇게 많지는 않으니까."

파티는 빠르게 끝났다. 작은 선물들을 받은 보라는 집에 들러 새장을 감춰 놓고 수내공원으로 향했다. 청소기를 타지 않고 걸어서 높은 곳에 가는 건 오랜만이었다. 서울 지역에 마녀 지원서를 내서 통과가 된다면, 성남에서 비행을 할 때마다 누군가의 허락을 받아야 할 터였다. 소속이 바뀌면 생활의 많은 부분이 바뀌는 것은 사람의 사회나 마녀의 사회나 마찬가지였다.

보라는 춥고 높은 수내공원 꼭대기에서 신해철 거리 쪽을 내려다보았다. 많은 일이 있었다. 이곳을 떠나면 더 많은 일이 생길 것이다. 열여덟, 열아홉, 스무 살의 시간을 지나고 있을 때는 그 순간이 영원할 것 같았지만 이제는 모두 과거가 되었다. 보라는 손을 호호 불며 서울 지역 마녀 지원서를 작성했다.

선배 마녀 소윤정의 이름 아래 보증인 유월의 이름이 이미 적혀 있었다. 성남시 출신. 서울 지역으로의 전입을 지원함. 공문서 같은 서식 아래쪽에는 특기란이 있었다. 보증인으로서 유월이 내용을 적어 준 부분이었다.

'특기: 초능력자와의 원활한 교류 능력'

이제는 열여섯 살이 되었을 미카엘라와 세이를 떠올리며 보라는 잠시 웃었다. 완전한 작별은 아니지만 거리가 멀어진다. 서울에는 또 어떤 초능력자가 있을지, 그 초능력자와도 잘 지낼 수 있을지는 보라가 아직 알 수 없는 부분이었다.

아직 아무 일도 일어나지 않았으니까.

아직 다가온 시간이 아니니까.

그러니 현재 확실한 것은, 보라가 성남시 마녀에게 인정받은 '초능력자와의 원활한 교류' 능력의 소유자이자 신입 마녀라는 사실뿐이었다. 보라는 그 지점을 믿기로 했다.

"어떻게든 될 거야."

보라는 모든 내용을 기입한 지원서를 가방 안에 집어넣었다. 온몸이 굳을 것처럼 추웠다. 보라는 일부러 입꼬리를 올리며 씨익 웃었다.

"그 난리 법석도 헤쳐 왔는걸."

집에 가면 미카엘라와 세이에게도 연락을 남겨야겠다고 보라는 생각했다.

작가의 말

안녕하세요. 무사히 작가의 말까지 도착하신 여러분. 3년 만입니다.

코로나19가 본격적으로 세계를 뒤흔들기 시작한 2020년으로부터 3년이 흘렀네요. 이번 책 말미에서는 《위치스 딜리버리》의 보라와 에어프라이어 콤비 미카엘라, 세이도 나이를 세 살 더 먹었습니다. 책 내용의 대부분은 이들이 전작에 비해 두 살 더 먹어 스무 살, 열다섯 살이 되었을 당시의 이야기로 진행되지만요. 이 원고를 한창 쓰고 있을 때는 2022년이었기 때문에 그렇게 되었습니다. 원고 속에서가 아니라 바깥세상에서 흐르는 시간을 그대로 먹고 자란 아이들을 쓰는 것은 처음이라 신선했습니다. 어라, 그러면 우리 애들은 현실의 출생 연도와 생일을 가질 수도 있는 거네요. 보라가 2023년 기준 한국 나이로(제가 작가의 말을 쓰는 지금은 2023년 6월이 오기 전이라 아직 만 나이 통일 개정법이 시행되지 않았습니다. 올해 6월부터 시행된다고 하네요.) 스물한 살이니까… 음….

저는 다시 비행기가 낮게 나는 곳 아래의 땅에서 일을 하고 있습니다. 그렇게 되었어요. 조금은 더 바빠졌고 예전보다는 좀 더 경험치가 쌓였습니다. 그런 점에서는 저나 작품 속 애들이나 조금은 비슷하지 않을까 하는 생각이 들어요. 나이 차는 꽤 있지만 저도 보라, 미카엘라, 세이처럼 하루하루 우당탕탕 사고도 치고, 수습도 해요. 그러면서 조금씩 더 나은 사람이 되어 가는 거겠죠. 커다란 비행기 아래에서 원인 모를 공포를 느낄 때처럼 가끔은 겁에 질리고, 빌딩을 스칠 듯 낮게 날아가는 비행기를 보며 경탄할 때처럼 가끔은 신기한 일을 겪기도 하면서요.

그동안 저에게는 많은 일이 생겼는데, 여러분에게도 그만큼 많은 일이 생겼나요? 어떤 일이 생겼나요? 궁금합니다. 좋은 일이었다면 그 행복이 오래가기를, 나쁜 일이었다면 아픔이 사라지기를 빌게요.

여전히 많은 사람들의 안전과 건강을 빌며.
하루하루 나아가는 우리를 응원하는 마음으로.

전삼혜 드림

프로듀서의 말

《위치스 딜리버리》가 출간된 이후 많은 독자님께서 써 주신 소중한 후기들을 보다 보면 가장 많이 듣게 되는 말이 있었습니다. 바로 후속작을 보고 싶다는 이야기였습니다. 그때마다 그 후속작 준비되고 있어요, 라고 속으로 말하곤 했었지요. 다만 이렇게 3년이란 시간이 지나서야 다시 찾아뵙게 될 거라고는 예상하지 못했습니다.

그러나 오히려 그러한 시간의 흐름 덕분에 《위치스 딜리버리》와 《위치스 파이터즈》는 현실의 독자와 함께 더 깊이 호흡하는 이야기가 되어 가고 있다고 생각합니다. 마녀가 청소기를 타고 성남시의 하늘을 날아다니고, 초능력자 학생들이 서현역 주변에 출몰하는 세계 속의 시간도 우리의 시간이 흐른 만큼 동일하게 흘렀기 때문입니다.

전작 《위치스 딜리버리》가 '모험'에 대한 이야기라면 《위치스 파이터즈》는 '성숙'에 대한 이야기입니다. 성숙, 성장의 플롯으로 구성된 이야기 끝에는 주인공이 배워야 할 어떤 가치가 등장합니다. 그 가치, 세계관, 교훈 등은 획득하기 어렵지만 결국 그것을 얻어 냄으로써 더 나은 사람으로 바뀔 수 있다는 점을 보여 주는 것이지요.

특히 성장의 초점은 도덕적, 심리적 성장에 맞춰져 있습니다. 왜냐하면 성숙의 플롯은 보통 인생의 경험이 부족한, 인생의 목표가 세워져 있지 않거나 쉽게 흔들리는 아이들을 주인공으로 삼기 때문입니다. 물론 어른도 성장하지만, 어른이 성장하는 이야기에서 나타나는 변화에는 성장보다 '변모'나 '변신'이라는 단어가 더 어울릴 것입니다.

그래서 《위치스 파이터즈》는 어떤 순간을 조심스럽게 선택하는, 실제 인생에서도 일어나는 상황을 세심하게 담고 있습니다. 쉽게 "이것이 인생의 교훈이야."라고 말하기보다는 사소하게 보이는 일에서도 주인공들이 의미를 얻도록 하고 있지요. 이런 과정을 통해 보라와 미카엘라가 뛰어든 '실패할 자유'를 위한 자기 자신과의 싸움을 잘 전달하고자 했습니다. 더불어 지금 이 순간, 자신과 그리고 세상과 싸우며 앞으로 나아가고 있는 현실의 많은 분들에게 응원의 메시지를 전달하고자 했습니다.

앞서 《위치스 딜리버리》가 모험을, 《위치스 파이터즈》는 성숙을 다룬다고 했는데, 그다음에는 어떤 방향으로 나아갈 수 있을까요. 저는 개인적으로 어떤 분명한 것을 성취해야 하는 '추구'의 이야기로 나아가야 한다고 생각하는데 독자분들의 의견도 무척 궁금합니다. 언제가 될지 모르겠지만, 그다음을 위해 이번에도 많은 관심과 응원 부탁드리겠습니다. 감사합니다.

안전가옥 스토리 PD
윤성훈 드림

위치스 파이터즈

지은이 전삼혜
펴낸이 김홍익
펴낸곳 안전가옥

기획 안전가옥
콘텐츠 총괄 이지향
프로듀서 윤성훈
고혜원 · 김보희 · 신지민 · 이수인
이은진 · 임미나 · 황찬주
퍼블리싱 박혜신 · 임수빈
편집 이혜정
디자인 금종각
서비스 디자인 김보영
비즈니스 이기훈
경영지원 홍연화

출판등록 제2018-000005호
주소 (04779) 서울특별시 성동구 뚝섬로1나길 5,
헤이그라운드 성수 시작점 201호
대표전화 (02) 461-0601
전자우편 marketing@safehouse.kr
홈페이지 safehouse.kr
ISBN 979-11-93024-12-6
초판 1쇄 2023년 6월 1일 발행

KB158344

그제사 알 수 있었네

그제사 알 수 있었네

지은이 | 류상덕

발행 | 2017년 12월 22일

펴낸이 | 신중현
펴낸곳 | 도서출판 학이사
출판등록 | 제25100-2005-28호

대구광역시 달서구 문화회관11안길 22-1(장동)
전화_(053) 554-3431, 3432 팩시밀리_(053) 554-3433
홈페이지_http://www.학이사.kr
이메일_hes3431@naver.com

ISBN_979-11-5854-113-2 03810

이 도서의 국립중앙도서관 출판예정도서목록(CIP)은 e-CIP 홈페이지(http://seoji.nl.go.kr)와 (http://www.nl.go.kr/kolisnet)에서 이용하실 수 있습니다.(CIP제어번호: CIP2017034635)

그제사 알 수 있었네

류상덕 유고시집

學而思 | 학이사

| 발간사 |

해안 류상덕 선생을 기리며

해안解顔 류상덕柳相德 선생이 졸지에 이승에서의 인연을 등진 지 1년이 가까워 옵니다. 굳이 『묘법연화경妙法蓮華經』을 들먹이지 않더라도 '생자필멸生者必滅'이나 '회자정리會者定離' 즉, "살아 있는 자는 반드시 죽고 만나는 사람은 반드시 헤어진다"는 사실이 만고의 진리임을 왜 모르겠습니까. 그럼에도 불구하고 류상덕 선생처럼 이별을 쉽게 받아들이기 어려운 사람도 있습니다. 물론 그가 요절하여 안타까운 것도 아니고 억울하게 유명을 달리한 경우도 아닙니다. 한마디의 언질이나 낌새도 허용치 않은, 너무나 준비 없이 맞은 이별이었기에 더더욱 쉽사리 잊히질 않는 것입니다. 하지만 그 또한 자연의 섭리인 것을 어찌 되돌릴 수 있으리오.

언제나 그래왔듯이 이제 이별의 안타까움과 슬픔은 남은 자들의 몫이 되었습니다. 문단의 먼발치에서 교유하였던 인연임에도 그러할진대 하물며 존재의 위의威儀를 함께 나누던 가족들의 상실감이야 어찌 말로 다 표현하겠습니까. 그 절통한 상심을 추슬러 선생의 유품을 정리하고 아직 책으로 세상과 만나지 못한 171편 중 78편을 골랐습니다. 아마도 한 편 한 편이 선생과 못 다 나눈 대화며 미처 헤아리지 못한 당부이며 부탁이었음을 알게 되었을 것입니다.

여기에 평소 선생과 같은 문학동아리에서 올곧은 시조의 길을 함께 하던 문우들이 마음을 보태기로 하였습니다. 무엇보다도 오랜 기간 선생이 보여준 솔선수범과 삶의 길라잡이에 대한 마음의 빚이 아니었을까 여겨집니다. 물론 시조라는 민족시에 바친 평생의 노력과 성과에 대한 경의는 두말할 나위가 없을 것입니다.

선생은 1965년 「백모란 곁에서」가 문화공보부 주최 신인예술상에 당선되면서 문단에 나와 작고하기까지 50년을 오로지 시조만을 위해 사셨습니다. 그 기간 매일신문과 서울신문 신춘문예도 석권하였고 시조집 『백모란 곁에서』, 『눈 덮인 달력 한 장』, 『미호리 가을 외출』, 『바라보는 사람을 위하여』, 『비우고 또 남거든』, 『마지막이라는 말을 하기에는 너무 이르다』 등을 상재하였습니다. 그 같은 공로로 경북문학상, 한국시조시인협회상, 한국문학상, 이호우시조문학상, 대구시문화상 등을 수상하였고 2016년에는 청도시조공원에 「강둑에서」 시비가 세워졌습니다.

이 같은 문학 활동과 성과는 이미 평범한 한 시인의 범주를 벗어나 있다고도 볼 수 있습니다. 여기에 생의 마지막 순간까지 붓을 놓지 않았던 이번 유고집까지 보탠다면 비로소 류상덕 문학의 완성에 이르리라 여겨집니다. 아마도 뜨겁고 부드러운 감성을 가졌음에도 스스로를 강직하게 단련시켜 잠시도 허물어지기를 거부했던 선생의 참모습을 다시금 만나게 되리라 믿습니다.

끝으로 이번 유고시집의 발간으로 류상덕 선생의 시세

계를 이해하는데 보탬이 되기를 기대합니다. 더불어 이 책이 나오기까지 모든 일을 도맡아 오신 문무학 시인의 노고에도 감사드립니다. 흔히들 이별 이후의 슬픔이야말로 함께했던 행복보다 몇 배로 힘들고 고통스럽다 했습니다. 유가족들의 건승을 기원하며 삼가 류상덕 선생의 명복을 빕니다.

2017년 12월

류상덕 시인 유고집 발간위원회

민병도(한국시조시인협회 이사장)

발간위원 : 장식환 김세환 이강룡 송진환 김석근

이정환 김봉근 조명선 문무학

차례

제1부 (2003~2005)
강가에서

제2부 (2006~2008)
우는 새에게 물어야만

제3부 (2009~2011)
꽃길 찾아 왔지만

제4부 (2012~2013)
금호강 낙조

제5부 (2014~2016)

잠시 출타 중

제1부

|

강가에서

2003~2005

노을 앞에서

당신이 정말 고운 해바라기 꽃이라면
나는 품속에서 까만 씨로 꼭꼭 익어
향기며 푸른 하늘이며 없어도 좋으련만

어찌 눈물 자꾸 와서 젖은 얼굴로 봐야 하나
또 하루 거두면서 타는 저 저녁노을
이대로 돌아서야 하는 등 뒤에 바람이 차다.

2003. 10. 16. 「개화」

강가에서

갈대밭에 새가 날고 저녁놀에 반짝이던
그런 강은 죽고 없다. 시도 사랑도 떠나고 없다.
구름만 가지에 걸려 만장輓章인양 흔들리는
하늘 너머엔 하동 포구 밀려가서 내 멈출까.
유실되어 금 간 세상 몇 조각의 뼈대가 남은
생각도 거기에 닿으면 외로워서 어쩌지.
잊으라 잊으라 한들 북받치는 눈물은 왜
가슴속에 자꾸 고여 터질 듯이 출렁이나.
하루가 쓸쓸히 저무는 날, 산 위에 달이 뜬다.

2003. 10. 16.「개화」

두봉길 가는 길

두봉길 가는 길은
그리도 멀었소.
집에서 이삼십 분
네거리 옆 거기인데
떠나와 바라만 볼뿐
차마 찾지 못했소.

허기진 뻐꾸기 울음 듣다 꽃이 피고
탱자꽃 울타리에 봄이 갇혀 곱던 그 곳
이제는 아득한 거리 가슴 깊이 남아 있소.

만촌3동 산동네 숲속의 둥지 같은
방 안에서 수년 동안 가을 앓던 사나이를
아무도 모른다 하며 낙엽들이 구르오.

하직하면 그만이네.
눈물주면 뭘 할 건가.
등 뒤에 부는 바람
노을 붉게 타 올랐다.

사라져 어둠이 오면
나도 묻혀 떠나리라.

2004. 11. 4. 「시조세계」

가을 편지

빈 들판 가을밭을 흔들던 바람이 와서
어젯밤의 체온만 남은 빈 방에 서성이다
쓰다 둔 하얀 여백에 새소리를 흘립니다.

미움도 마르지 않게 간직하고 살아야만
흐느낌마저 없을 때엔 화살 끝에 눈물 적셔
해 질 녘 낮달처럼 뜬 당신 얼굴에 날리겠소.

저 푸른 하늘을 지켜 서서 눈 감으면
잎도 꽃도 떨어버린 손이 시린 가을나무
절망은 이리도 아픈 것인가. 가지 위에 노을이 타오.

2004. 10. 21.「개화」

낙엽에게

하필이면 보문 호수
가을비 내리는 날에
떨어져 내 앞길을
막아서다 왜 구르나
축축히 젖은 그리움만
데리고서 거니는데

한때의 희미한 사랑
다시 불이 붙거들랑
달래려 하지 말고
혼자 와서 울어 봐라
지난날 부질없는 일이
낙엽 되어지는 것을

2004. 10. 21.「개화」

문안

영구차에 실려 가는 자네의 뒤를 따라
귀뚜리는 울었다, 피 뱉으며 울었다.
내 대신 가슴 찢었지만 이 아픔은 못 풀었다.

타다 남은 흰 종잇장 바람에 날아간다.
앞으로 남은 날이 찢겨져 하늘을 날고
저승길 황토 자락에 독경소리 흩어졌나.

머언 산도 안개에 묻혀 슬픔 속에 앉았는데
어디에도 갈 곳 없는 쓸쓸한 거리에서
떠나갈 허공만 볼뿐 이정異程 잃고 서 있다.

2004. 10. 21. 「대구시조」

포장집 달

김 시인은 거기에 있고
나는 여기 대봉교 넘어
포장집 쓸쓸한 자리
소주 한 잔에 술 취한다.
취하면 보고픈 얼굴
가지 끝에 왜 걸리나.

그렇게 바라본 가지 끝에 걸린 달이
눈물 많은 이 세월의 사연들을 적셔 내어
빈 잔에 가득히 채우고 함께 울어라 하신다.

말 없어도 수고로운
옛 얘기는 가슴에 있고
강물 따라 흘러버린
사십여 년의 목소리가
가슴에 까만 꽃씨가 되어
봄빛 다시 기다린다.

2004. 10. 21. 「대구시조」

방문

- 팔공산 文 詩人에게

산에 기대 살고 있는 文 詩人을 뵈러 간다.
어젯밤 별빛 속에 손짓하는 꿈 꿨는데
오늘은 낙엽 진 골목
가을만 두고
사람은
없다.

허리 펴고 양지에 앉아 눈을 감은 부처바위
처마 끝 빈 하늘에 새소리가 요란하다.
홍시는 제 혼자 익어 집 지키고 있었네만

억새풀을 흔들던 바람
등을 밀어 가라 하데.
그리움은 풀어놓고
말은 접고 떠나라 하데.
첫눈이 밤을 덮으며
겨울 한 짐
지고 옴세.

2004. 11. 21.

새에게

추워서 우애 살지.
눈물 젖어 우애 살지.
내 가슴에 얽은 뼈대 가지처럼 말랐다만
메마른 핏기는 아직
살아 있어 뜨겁단다.

잠 안 오거든 산을 넘어
울며울며 찾아 오렴
백열등은 목숨을 다해 희미해진 골목길에
빛바랜 대문을 열고
너를 바래 기다리마.

살다가 병이 깊어
애야, 함께 가던 길을
생각하다 눈 감지만 그리워 또 눈물 난다.
마음속 텅 빈 둥우리
바람 시린 겨울밤.

2004. 12. 5.「시조세계」

스카이라운지에서

여기는 '상하이' 스카이라운지 커피숍. '황포강' 물줄기가
4, 50층 올라와서
비워 둔 유리 찻잔에 채워지고 있었다.

임시정부 나뭇가지 앉아 울던 까만 새가
그것은 홍구공원 선열들의 피라 하며
제 피를 쏟아 놓고는 어디론지 날아갔다.

자네는 '황해' 넘어 고향집 뒤뜰에서 첫눈 내린 그믐밤의
그리움을 씹지마는, 눈물이 실려서 가는
이국異國 땅은 시렸다.

2005. 1. 3.「시조세계」

방문

청도군 금천면에 민 시인이 산다기에
이 골 저 골 건너뛰는 강줄기를 달래놓고
찾아 든 빈 뜨락에는 흰 연꽃이 혼잡디다.

운문사 범종소리 솔바람에 실려 와서
풀벌레로 흐느끼는 눈물 많은 사연들을
노을에 빨갛게 젖은 우체통이 담습디다.

돌아서는 어깨 위에 달이 떠서 얹히길래
쳐다본 하늘가에 먼저 와 바위로 앉아
먼 훗날 다시 오라며 구름 띄워 보냅디다.

2005. 8. 16. 作 2005. 8. 18.「시조 21」

빈방

어느새 세월은 가고 나는 이제 썩은 나무
귀를 대어 사랑 듣던 그리움은 낙엽 되어
쓸쓸히 멀어져 내릴 뿐 가슴은 빈 둥걸이다.

봄날에 새 잎 돋던 우리네 젊음들은
쓰러져 바람 앞에 흔들리지도 못하는 것을
왜 이리 그리워하며 늙은 짐승이 되었는가

눈 감고 살아야만 지난날의 무지개가
이 산 저 산 건너가며 곱게 물이 든다는 걸
아직도 지우지 못해 생각만이 외롭다.

2005. 8. 18.「시조 21」

가을 여행

이가 빠진 백자는 세월 가야 윤기 나서
살결이 더욱 고운 제 얼굴로 앉을 수 있다.
절망도 모두 깨어진 나는 어떤 모습일까.

이런 날엔 창에 기대 가을볕에 익어가는
풀 죽은 사람으로 눈을 감고 떠나지만
달려도 그 자리뿐인 생각 이리 쓸쓸하다.

2005. 10. 8. 「개화」

다시 교정校廷에 와서

머리 숙인 숲도 깨어 바람 앞에 흔들린다.
퇴직한 빈자리 햇살 끌고 와서 우는
산 너머 뻐꾸기 소리 흐느낌은 그대로다.

손금 위에 숨 죽여
흐르는 눈물의 강

미련 없이 배를 띄워
몇 해는 흘렀건만

왜 이리 가슴 저려 오는가
꽃이 곱게 피는데도.

한생애 깊이를 재면 키만큼도 안 되는데
때로는 미움에 끓고 욕망 속에 불 태우며
살아온 지난날들이 재가 되어 나르네.

2005. 10. 17.「가람시조」

숲길에서

눈물 없는 사람은 미련 없이 떠나거라.
바람 앞에 헝클어진 억새밭에 나와 앉아
이 세상 거두고 갈 날을
잊고 사는 사람은 가라.

햇볕도 이리 청명한 산자락 어디쯤에
묻힐 땅 골라잡아 가묘假墓 하나 만들어 놓고
그 옆에 편히 누우면
천 년 족히 복 아니냐.

그래도 지난날에 가슴 아파 목 메는 날
잎이 지고 새가 울어 숲길을 걷는다마는
쓸쓸히 구름은 떠나고
생각만이 외롭다.

2005. 10. 17. 「시조세계」

봄비

봄비 오거들랑 오수午睡나 즐기며 살자.
쉬엄쉬엄 늙어 와서 꽃도 잎도 잃었다만
너 하나 데리고 사는 외로움은 아름답다.

뉘 있으면 무얼 하나, 가도 가도 낯선 세상
돋보기안경 고쳐 다시 쓰는 한나절에
왜 이리 섭섭한 눈물 가슴속에 흐르는가.

산수유 다 지우고 찾아든 새소리가
생각조차 헝클어진 빈방 안에 날아와서
저 혼자 울고 있지만 달랠 수는 없었다.

2005. 11. 2.「월간문학」

제2부

우는 새에게 물어야만

2006~2008

산길에서

떠날 사람은 어느새 가고 빈자리에 바람이 분다.
진달래 꽃잎 지는 먼 산자락을 울리는 새
또, 봄비 오려나 보다 길은 묻혀 아득하다.

눈물 젖은 그날의 사랑 비울 만큼 비웠지만
백발 속에 헝클어진 슬픔은 죄다 남아
눈 감고 아파만 할 뿐 달래지도 못한다.

얼마 아닌 목숨의 종점 숨 막히는 계곡물 소리
여보게, 인생은 그저 간이역 같다 했던
무심한 우리 얘기를 잊을 수는 없었네.

2006. 5. 4. 「시조세계」

성터에서

패장敗將은 여기 와서 막대 짚고 눈 감는다.
한세상 떠돌던 바람 억새밭에 몸을 풀며
피맺힌 눈물은 잊은 채 흰 깃발 들어 나부낀다.

메아리는 사라지고 생각조차 잃었는데
또 하나 무너지는 성벽, 뼈마디 꺾이는 소리
어느새 병이 든 짐승 노을 앞에 쓸쓸하다.

돌처럼 구르다가 잡초 속에 몸 눕혀도
이 산 저 산 건너는 구름 끝에 마음이 가
붙잡고 하늘을 간다. 한恨없이 나는 간다.

2006. 5. 10. 「현대시조 100인 특집」

우는 새에게 물어야만

번개가 줄기를 찢어 뿌리까지 태워도 그냥
넉넉히 바라보며 잎새 하나 돋는 것을
눈 감고 기다리며 살던 그런 날도 복이라던

마음은 멍이 들어 소리조차 잃고 없다.
울 오매의 목소리로 우는 새에게 물어야만
땅 치며 피 쏟은 눈물 알게 되는 것일까.

아내의 늦은 귀가 가슴 앓다 왔나보다.
거짓말도 철이 들어 또 거짓말을 하지마는
안경 속 까만 동자가 퉁퉁 부어 말 전한다.

2006. 9. 22. 「대구시조」

섬에 오시거든

덜커덩덜커덩 해안도로를 가시면은
때 묻어 숨이 가쁜 세상일이 흔들리다
돌기둥 잡는 파도에 울다 울다 씻깁니다.

허억 헉, 땀 쏟았던 가슴 아픈 생각들도
배를 따라 수평선을 쉬움쉬움 가게 두고
언덕에 움막 한 채를 얽어 함께 삽시다.

2006. 10. 30.「시조세계」

제상祭床을 차려 놓고

어느새 열나흘 달이 떠서 기웃댄다.
아버님 어머님의 영정을 모셔 놓고
시락죽 한숨에 젖던 그 눈물을 생각한다.
살 빠진 뼈마디에 병만 남아 피를 쏟던
지난날의 어두운 밤이 촛불 위에 흔들리다
술잔에 은은히 어려 붉게 물이 들었다.
나뭇잎 흩어져도 산은 품에 안는 것을
소식조차 끊고 사는 적막한 오늘에사
철없이 뉘우치며 앉아 쓸쓸히 눈 감는다.

2006. 10. 31. 「시조세계」

지리산에 오시려거든

달과 함께 오십시오.
외로움은 두고 오십시오.
물소리만 울다가는 바위 위에 홀로 앉아
생각도 미움도 말고
비우면 좋습디다.

어제는 그리움이
앞에 와서 잠 못 든 밤
살면서 살이 타는 사람 하나 불러 와서
지리산 솔숲 바람이
지나가다 달랩디다.

2006. 11. 5.「가람시조」

꽃소식

언제 왔나, 목청 고운 새소리에 창을 열면
먼 길을 돌고 돌아 지칠 대로 지친 네가
매화꽃 향기보다 짙은 소식 전해 주더구나.

울 수조차 없던 절망 태우며 앓던 밤이
어느새 물러가고 햇빛 더욱 눈부시다.
잊어야 잊어야 하리, 발이 저린 지난날을.

난초 잎에 물 오른다. 봄이 벌써 들었나 보다.
가슴에 향기 스며 높이 부는 휘파람도
이제는 신명이 났나, 여린 가지 흔드는 바람.

2007. 1. 15. 「시조 21」

다시 봄 앞에서

눈물 젖은 옛 사연이 오늘은 꽃이 되어
한 잎 한 잎 봄비 맞아 흔들리고 있는 것을
내 어찌 지우고 살며 눈이 멀어 왔던가.

울음으로도 못 달래고 피멍으로 간직했던
갈래갈래 찢어진 슬픔들이 다시 돋아
방황이 깊었던 길에 작은 등을 달았다.

2007. 1. 15. 「시조 21」

제삿날

전화 목소리가 끌고 가는 동구 밖에
너를 보낸 그리움이 두드리다 문을 열면
어느새 키 큰 나무에 달이 훤히 걸렸다.

저승 계신 어머님의 기침소리도 일어났나.
촛불 밝혀 놓고 합장하여 듣는 축문
얼마나 먼 길을 오셔서 납시기 힘 드실까

언젠가는 이 자리에 내가 찾아 앉게 되면
또 다른 사람들이 목청 풀고 울란가 몰라.
한 뼘도 안 남은 날이 술잔 속에 저무는 밤.

2007년 제 10회 대구시조시인협회 문학상

바닷가에서

눈물에 젖어 살던 사람 하나 그립거든
저녁놀 곱게 타는 바닷가에 앉아 보소
이 세상 험난한 시름 잊을 법도 합니다.

소식조차 끊고 살면 다가오는 파도소리
수평선에 홀로 앉은 외론 섬이 되더라도
밤이면 별 틈에 피는 그리움이 보입니다.

얼마나 부질없는 몸부림에 울었던가
모래밭에 새겨놓은 발자국보다 못한 것을
껴안고 살았던 육신 그도 잠을 청합니다.

2007. 8. 27. 「2007 연간집」

뒷동산에서

이제는 더도 말고 촛불처럼 몸을 지져
그래도 남은 눈물 통곡 속에 서럽거든
가슴에 꽃 피던 봄날 지우면서 살 일이다.

뻐꾹새 한나절이 허전하고 허기진 날
옷자락을 흔들면서 흘러가는 구름 끝을
깃 고운 그날의 사랑 잡아끌며 목 메인다.

그리움은 부질없고 떠난 이의 뒷모습이
사무쳐 흐느끼는 바람 앞에 나와 앉아
헐벗은 손을 폈다가 도로 눈을 감는다.

2007. 9. 2.「대구시조」

서해안 이별

서해안 외딴 포구 노을 가에 두고 오는
등은 이리 비었는데 갈매기 왜 따르나.
돌담길 빨간 접시꽃
하직하는 손 흔든다.

돌아보면 오늘 디딘 이 자리는 갯벌이다.
천천히 매몰되는 하루해는 숨 가쁘고
찢어져 갈 길도 없는
생각은 풀죽었다.

수평선 어디쯤에 혼자 뜬 섬이 되어
파도소리 벌레소리 감춰 놓고 들으면서
한세상 남은 세월을
잊고 살면 넉넉하다.

2007. 9. 2. 「대구시조」

입원실에서

등 너머 억새밭에 열나흘 달 떴다고
엎드려 시름시름 귀뚜리는 전하지만
찢긴 내 육신은 아직
피가 멈춰 못 듣는다.

젊은 날의 골목에는 향기롭던 가을 과실
어느새 떨어지고 상처뿐인 그리움이
아득히 멀어져 가고
창밖에 지는 낙엽.

문을 열고 세상 속에 들어설 때는 겨울일까
그래도 누가 보낸 편지 한 장 있거들랑
저승을 건너던 목숨
곁에 두고 울어 보자.

2007. 9. 21. 퇴원한 날 「월간문학」

편지를 쓰다가

눈물이 아직 남아 뒤를 돌아보았는데

반쯤 열린 남쪽 창에 날아든 단풍잎이

수십 년 두고 온 가을 붉게 물을 들였다.

그립다는 말 못 하고 흐느낌만 더해오는

몇 자뿐인 사연도 그냥 핏빛으로 얼룩진 것을

왜 이리 잊을 수 없나. 병실 밖엔 하늘이 곱다.

2008. 2. 12.「화중련」

이도백하에서

백두산 가는 길에 '이도백하' 들러 봤나.
바람 불면 '장백폭포' 물소리가 엉엉 울어
'천지天池' 의 푸른 물빛이 마을 위에 떠 있는 곳.

그 입구에 아름드리 미인송美人松이 가득한데
하늘만큼 키가 자란 소나무를 툭툭 치면
솔잎이 떨어진 자리 원추리가 지천이데.

노란 꽃은 노랑끼리, 빨간 꽃은 빨강끼리
서로 잡고 흔들려도 놓지 않는 뜨거움을
우린 왜 알지도 못하고 남이 되어 사는가.

2008. 9. 12. 「대구시조」

유등리에 와서

외롭고 쓸쓸할 때 유등리를 찾으려면
팔조령 고갯길에 앉아 울던 새를 따라
청도군 화양읍 들판 시름 벗고 오십시오.

연꽃은 이미 지고 반시 물이 곱습니다.
'연호지蓮湖池' 에 내려 앉아 반짝이는 물결 위에
저녁놀 저물다 말고 처마 끝에 등 답니다.

차 한 잔 앞에 두면 '군자정君子亭' 을 흔드는 갈대
어느새 남산골 '죽림사竹林寺' 에 뜨는 달이
가을날 바람에 실린 범종소리 흩습니다.

2008. 9. 1.「개화」

도주관 척화비道州館 斥和碑

산도 청도 남산은
황소 울음 한 입 물고
강을 따라 내려와서
'도주관道州館' 에 자리 잡아
척화비斥和碑 하나 세우고
가을비를 뿌립니다.

신둔사 풍경 소리 깊은 밤에 우는 것은
병인丙寅 신미辛未 양요洋擾를 거쳐 쓰러지는 혈맥을 찾아
또다시 함성 지르며 일어서라 합니다.

'화양읍 서상리' 에
가을 찾아오십시오.
- 화해를 주장하면 나라 파는 짓이지.
외치던 '대원군' 음성
가슴속을 울립니다.

2008. 9. 1. 「개화」

가을 백두산

평생에 백두산 가을
볼 수만 있다면은
이 세상을 훌훌 털고
날아가면 참, 좋겠다.
너와 나 뜨거운 사랑
단풍 들게 풀어 놓고.

눈물이고 절망이고
가진 만큼 불이 탄다.
돌아보면 금호강
그 어구의 검사동에
살면서 찢어진 사람
여기 와서 불 붙는다.

2008. 9. 12. 「대구시조」

제3부

꽃길 찾아 왔지만

2009~2011

패랭이꽃

금호강 철길 너머 내 고향은 거기 있어
찾아온 언덕 위에 육·이오적 패랭이꽃
노을은 저리 고운데 세월 우는 뻐꾹새.

반백 년을 피 쏟으며 피었다 지고 마는
열아홉 살 학도병의 죽은 한을 어찌 할꼬.
물결에 반짝이는 절규 눈을 감아 말이 없다.

언젠가는 바람 자고 숲 그늘이 적막하면
석류꽃 우물가에 모여 앉아 재잘대던
저승 간 아지매들 혼백 모셔 와서 울란다.

2009. 6. 19. 「월간문학」

간이역에서

떠난 사람 기다리는 마음 홀로 적적한 날
간이역 빈 마당에 비는 오고 목이 쉰 막차
철길만 외로이 두고 어디론가 가고 없다.

수염도 깎지 않은 사내처럼 축축히 젖어
바람 앞에 흔들리는 어깨 추욱 쳐진 고목
내 닮은 몸체로 서서 안개등에 희미하다.

목숨의 끝자락이 먹구름에 갇혀 있고
쓸쓸한 지난날의 생각들만 아득하여
벽시계 초침소리 따라 우는 새를 바라본다.

2009. 7. 20. 「시조시학」

외출

온통 피 냄새인 석간신문 그 체취를
던져두고 나왔지만 빈방은 허전한데
쫓겨 와 닿을 곳 없는 둑 너머엔 노을이다.

이제는 비우면서 지는 법을 익혀야만
눈물 많은 사람들을 사랑하게 된다는 것을
어젯밤 술잔에 남은 절망 속에서 알았다.

산도 물도 허기진 바윗등에 눌러앉아
썩어서 악취뿐인 세상일을 밀쳐놓고
청명한 가을 하늘을 얻어 살면 그만이다.

2009. 9. 5. 「화중련」

대봉교

너는 거기에 있고 나는 여기 난간에 서서
바라보는 저녁노을 숨 죽여 흐르는 신천新川
등 밝힌 징검다리가 관절 앓아누웠는데

코스모스 꽃대 속에 숨어 살던 가을바람
옷자락을 흔들다 자리 떠난 둑 너머엔
눈물과 절망만이 세상 저들끼리 얽혀 산다.

살 냄새 향기롭던 젊은 날의 손을 잡고
대봉교 비 오는 날을 취해 울고 싶다만은
어느새 그리움이 깊어 생각마저도 병들었다.

2009. 9. 30.「개화」

이런 만남

수술 날을 정해 놓고
혼자 밤을 새우다가
남몰래 숨겨 둔
친구 하나 불러와서
술잔을 주고받으면
얼마나 좋으랴.

죽음의 문 앞에서
가슴 조이는 일이나
살아온 세월만큼
피 맺혀 상처 깊은
그 모든 얘기를 속여
취해 봄도 좋겠네.

비록 우리 내일은
하직하고 못 보아도
어제의 이런 만남
가져 여유 있었단 걸
느끼다 쓸쓸해지면

실컷 울어도 좋겠다.

2009. 9. 27. 「가람문학」

한라산 두 얼굴

- 성용제 님의 사진 작품을 보고

한라는 아무래도 산이 아니라 두 얼굴이네.
봄이면 스무 살 얼굴 철쭉 꽃물 연지 찍고
겨울엔 백발 날리며 눈에 앉은 석불石佛

봄이면 어떻고 겨울이면 또 어떠랴
고사목에 꽃 피는 날 짐승처럼 설레다가
눈 와서 귀가 시리면 설경 속에 잠이나 자자.

이대로 천년만년 녹다가 얼다가도
구름이 쉬어 가는 하늘 끝에 날아올라
서귀포 노을이 지면 수평선에 달 띄우자.

꽃길 찾아 왔지만

시절 잃은 한세상의 섭섭함은 더욱 깊어
물안개 털어내며 호수 끼고 피던 꽃길
그 자리 찾아 왔지만 억새풀은 잠들었다.

절망한 겨울은 아직 잔설 속에 발 묻었는데
산 너머 텅빈 하늘 뻐꾹뻐꾹 해는 길고
눈물에 축축히 젖은 세월 끝은 시리다.

꽃이여, 서러운 사람 밤에 묻혀 목 타거든
사무치는 사연 죄다 붉게 붉게 물이 들어
내 갈 길 등불이 되어 자취 자취 밝혀 다오.

2010. 9. 25.「대구시조」

실크로드 이별

- 우루무치에서

이제는 떠나리라. 눈 덮인 저 천산天山을
천지天地에 맡겨 놓고 고비사막 황량한 벌판
구름만 넘던 길 다시 생각은 두고 떠나리라.

한 열흘 진시황과 양귀비, 항우, 유방
밤마다 모셔 와서 함께 술잔 나눴지만
오늘은 이별할 시간 아쉬움만 더해 온다.

여기는 열사熱沙의 나라 '우루무치' 비극의 땅
위구르족 저항 속에 찢어진 저 깃발을
피 맺힌 통곡에 두고 실크로드를 떠나리라.

2010. 9. 25. 「대구시조」

설악산 가을

웃자 웃자. 히죽히죽
숨소리는 거두고 웃자.

설악산 깎은 절벽 핏빛뿐인 저 단풍을

바라만 봐야지. 그래
무슨 말을 하겠는가.

사람이 가슴 치며
한恨을 쏟아 운다지만

이보다 불이 붙어 가는 가을 태우겠나.

하늘도 가을 단풍을
넘치도록 품었는데.

2010. 9. 25. 「대구시조」

풍경

돌담은 허물어져 바람끼리 놀다가는
주인 잃은 외딴집에 접시꽃은 피었는데
억새풀 한아름 얹고 눈을 감은 무덤 하나.

뉘엿뉘엿 해 저물녘 구름 찢어 빨간 노을
어느덧 그 빛살로 타다 남은 내 하루가
안채서 불 켜는 오매 헛기침으로 돌아온다.

생각은 잊자 하고 개울 가에 앉았지만
가지 끝에 초승달 제가 먼저 찾아 들어
어둠을 산속에 덮고 울다 울다 가라 한다.

2010. 10. 30. 「시조세계」

겨울 소나무

평생을 살며 닮은 아버지의 몸통으로
뒷산 절벽 위에 높이 서서 흔들려도
남루히 총칼에 찢긴 한 시대를 증언한다.

고향 잃고 일제시대 방황하던 북간도며
큰 자식 백골에 묻은
육이오의 통곡들을
심장에 비수처럼 꽂아
시들지 않던 아배

미친 바람이 몰고 오는 서녘 하늘 천둥소리.
바위보다 살이 굳은 소나무의 팔다리는
아버지 핏줄이 끓어 부러지지 않는다.

2010. 11. 30. 「가람문학」

가야산에서

대구시 달성군 문양면 종점에는
수양버들 가지마다 물빛 품은 잎새들이
가야산 가는 사람들의 등에 실려 곱습니다.

중환자 병동에서 퇴원한 내 친구가

-이승에서
이리 멋진
소풍을 간다-하며

잠결에 더듬는 말이
예사롭지 않습니다.

산새가 떠난 길을 쉬엄쉬엄 찾아가서
눈물 나면, 따라 우는 뻐꾹새가 안타까워
심장을 해체한 사연 그냥 안고 왔습니다.

2011. 6. 25. 「지역순례원」

외과병동에서

사람이여, 그립다 말고 손을 잡아 달래주오.
저승길 재촉하는 심장외과 초침소리
이승의 무겁던 짐을 모두 풀고 숙면하는

목숨도 이제는 그저 흐를 대로 흘러가서
부딪히면 언덕에 기대 풀꽃으로 피었다가
별빛이 고운 밤이면 외로움 속에 울렸는가.

너와 내가 서로 얽혀 환희롭던 욕망은 가고
바라보던 눈빛마저 무거워 감기는데
영혼은 잠을 청하나보다. 인적조차 하나 없다.

2011. 8. 7. 「개화」

다시 봄에게

봄은 혼자 오면 되지.
산에 묻혀 사는 새를
불러 와서
참꽃 위에 피 쏟으며
울게 하나.

팔 잘린 참나무 가지
아직 눈도 안 떴는데.

하늘 아래 너를 두고
그리움에 젖어 사는

이 생각에 빛이 들면
가슴속에
한 떨기 꽃

내 홀로 들판을 나서는
하루해가 부신 날.

2011. 8. 7. 「개화」

겨울나무

늪 속에 깊이 잠겨
시린 발이 저려와도
살을 찢는 눈보라쯤은
고개 들어 응시한다.
고목된 육신이다마는
날아올 화신花信을 위해

또 하루가 거두고 가는
서쪽 하늘 저녁 빛살
절망에 젖어 우는
깊은 밤이 두려워도
달려온 겨울바람에
몸 흔들며 휘파람 분다.

2011. 10. 8. 「대구시조」

낙조落照

보내고 떠나와서 강둑을 걸었지만
물결은 소리 죽여 수평을 넘어가고
섭섭한 바람만 홀로 갈대밭을 헤맵니다.

숲 그늘에 숨어 놀던 어릴 적 그 청둥오리
아양교 난간 위에 노을 다시 빛나는데
반백 년 물 밑에 갇힌 고향 찾아 올 줄 모릅니다.

이미 저승 간 친구의 낯익은 사연
눈을 감고 목이 메는 아득한 생각 속에
쓸쓸히 속삭이다 말고 사라지고 맙니다.

2011. 10. 8. 「대구시조」

제4부

금호강 낙조

2012~2013

겨울 벽방산

설날을 며칠 두고 벽방산 안정사를
찾아가는 산기슭에 새는 왜 피 쏟는가.
바라본 하늘 너머엔 저승 사는 '서' 시인이

가지마다 포록포록 옮겨가며 울다가는
통영바다 주막집의 시 한 편을 읊조린다.
범종도 해 질 녘인데 입 다물어 적막한 날.

너 가고 허전함만 더해 오는 세월 속에
언젠가 내 떠나고 홀로 남을 이 눈물을
그 누가 달랠 수 있으랴. 겨울바람이 시리다.

* 서 시인은 작고한 '서우승' 님을 말함.

2012. 1. 27.「월간문학」

눈 오는 밤

매화꽃이 앞서 피려 속살 위에 눈을 덮고
뿌리 깊이 체온을 높여 봄소식이 올 때까지
눈 감고 시린 겨울밤 찾아야만 되는 것을.

들판을 홀로 선 고목, 찢어진 가지처럼
내 이제 금이 가고 생각마저 살이 굳어
약물에 젖어서 사는 오늘에사 떠올린다.

지워도 눈물만 남는 한평생 끝자리에
떠밀려 온 쓸쓸한 밤 하염없이 내리는 눈.
저승길 멀지가 않다. 흰 눈 깔고 불 밝혀라.

2012. 1. 29. 「한국동서문학」 창간호

동인지를 보다가

- 이일향 시인께

연세가 얼마신지? 잊고 온 제가 오늘
동인지를 보다 문득 얼굴이 떠올라서
엎드려 쏟아지는 눈물
적시며 글 씁니다.

삼십여 년 전 팔십 년대
함께 손을 맞잡으며
'낙강' 의 노을빛에
'백수白水', '초운樵雲' 모셔 놓고
시 뽑아 적막한 밤을
울리시던 '이일향' 님.

'청도' 시인 '박' 시인도 어느새 저승 가고
가로등만 외로운 밤
그리움이 깊습니다.
대구에 눈이 왔습니다.
거닐던 그 '남산동' 길에.

* '낙강' 은 낙동강을 줄여 쓴 것으로 1965년 조직한 〈영남시조문학회〉

'낙강(洛江) 동인' 을 뜻함. (이호우, 이영도, 정완영, 이우출 외 많은 동인이 있었음)

* '백수' 는 정완영 님, '초운' 은 고인이 된 이우출 님임. 그리고 청도의 '박' 시인은 박옥금 님을 말함.

2012. 1. 29. 「한국동서문학」

복사꽃 아래서

복사꽃이 피었네요.
배 고팠던 울 엄마야.
윤삼월 하루해가
길고 멀어 아득하여
허기진 무명치마를
졸라매던 그 밭두렁

어쩌자고 뻐꾹새는 저리 슬피 우는지.
죽음으로 가는 길에 눈물은 잃고 말랐는데
저승 간 엄마의 세월
뻐꾹뻐꾹 흐느끼는 날.

오륙십 년 흘러와서
다시 여기 꽃 피었네만
이것이 핏물이고
가슴속의 멍이란 걸
늙어서 병든 몸이 되어
이제 겨우 알았다.

2012. 4. 21. 「미래문학」

그 옛날 가을다방

어젯밤 비 맞은 가을
동성로 길에 나와
단풍 뿌리며 마네킹의
속치마를 기웃대다
그날의 '맥심다방' 커피
끓여 향기 뿜어댄다.

육십 년대, 창가에 앉아 노란 잎에 물이 들며
다 식은 이야기를 풀어 놓고 말이 없던
저승 간 '권' 시인의 땅에도 이 노래는 건너갈까.

'상훈' 형과 하루해를
죄다 마셔 취했노라.
'예종숙' 님의 음성은
붉게 젖어 문 여는데
어느새, 이승을 떠났단다.
통곡하며 지나는 바람.

2012. 10. 28. 「문장 21」

홍류동紅流洞 소리길

- 박달수 시인께

- 최치원 선생이 노년을 지내다 신발만 남겨 놓고 홀연히 신선이 되어 사라졌다는 '홍류동'. 그 '소리길' 에 가을이 탄다.

가야산 소리길은 계곡 따라 시오리길.
여기저기 집채 만한 바위들이 물 마시다
농산정籠山亭 솔바람에 젖은 '고운孤雲' 음성에 고개 든다.

스님이여, 청산 좋다. 깊은 산에 들지 마오.
신라 천 년 그림자를 신발처럼 벗어 놓고
홀연히 신선이 되어 하직한 분 일러주오.

어젯밤 비바람 맞고 낙화담落花潭에 단풍 들어
물안개 피는 자락 그 어디에 앉으셔서
때때로 흘리던 눈물 폭포수로 흘리나요?

고향길에 저녁노을 물이 들다 불붙었는데
귀를 열면 물소리며 세월 가는 소리 있소.
박 시인 홍류동 가을 가기 전에 만나지요.

* 가야산 소리길 : 최치원 선생이 신라의 높은 신분제의 벽에 가로막혀 자신의 뜻을 현실정치에 펼쳐보지 못하고 좌절을 안은 채 찾아든 곳이 '가야산 홍류동'이다. '홍류동' 계곡 6km 길을 단장하여 '가야산 소리길'을 조성하였다.

* 농산정(籠山亭) : 통일신라 말 최치원 선생이 이곳의 풍광에 빠져 신선이 되었다는 곳에 지은 정자.

* 낙화담(落花潭) : 가야 19 명소로 경치가 빼어난 소(沼).

* 박 시인: 여기가 고향인 박달수 시인.

2012. 8. 13.

다시 금호강 노을

고향 잃고 자식 잃어
통곡마저도 못한 사람

그런 분만 여기 와서
찢어진 가슴속의

선지피
동이 동이로 쏟아
노을강에 흘려 보소.

- 몇 날 며칠 허기진 배를 채우려 도둑질 한 놈.
멀쩡한 남의 아들 몰고 가 죽게 한 놈.
그 놈이 그 놈인데 뭐, 지난날은 모른다고? -

출렁이는 금호강을 밟고 가는
저 햇살은

구십 평생 전사통지
품고 산 울 엄마의

병 들어 멍든 슬픔을
태워 승천 중이다.

2012. 9. 18. 「대구시조」

봄비 소리 들으며

'동성로' 옛날 다방 '맥심' 에 봄비 와야
저승 간 그 친구의 목소리로 흐느끼며
잔잔히 깔리는 노래 떨어져서 낙화 된다.

남은 목숨 예약하고
기다리던 몇 개월은
피 마른 짐승이었다.
허리 접친 나목이었다.
이대로 쓰러지고 말면
나의 시는 외로워 울까.

밟힐수록 뿌리내려 외진 길에 비집고 선
고 작은 민들레도 눈을 떠서 손 흔든다.
이승에 헐벗은 육신 내 그림자만 비 젖는데.

2013. 4. 1.「PEN」

백목련 앞에서

쓸쓸히 뒷짐 지고
떠나려 하시는지요.
노잣돈도 없이 보낸
울 아버지 흰 두루막
그 세월 세월 끝자락에
통곡하는 비 옵니다.

어느새 내가 와서
바라보는 아버님 하늘
날개 찢겨 아픈 오늘
고개 너머 외론 길을
또 누가 세상을 갔나
영구차가 떠납니다.

2013. 4. 28. 「시조세계」

신륵사 강물

- 김몽선 시인께

인경아, 울지마라. 잠에 든 새 깨어날라.
거닐어도 술에 취한 '신륵사' 앞 강물이
오늘은 사람을 봐도 먼발치에 물결만 쳐요.

'강월헌江月軒' 정자 위에 꽃잎은 무수히 지고
육십여 년 한세월을 건너오며 나눈 애증
'김 시인', 이 아닌 병해病害에 부처님은 눈 감으셨소.

'신륵사' 범종소리 노을 속에 통곡커든
평생토록 지고 온 무게 툴툴 털고 일어나서
속살이 돋아난 세상 헤아리며 삽시다.

* 강월헌 : 신륵사 남한강변에 있는 고려시대 정자.

「시조세계」

금호강 낙조

대구선 삼등열차 옮겨 간 지 오래지만,
숨 가쁘게 건너가던 아양교 저 철로는
힘 실어 울던 기적을 다시 토하고 싶었다.

금호강은 '반야월' 그 너머의 버들 숲을, 돌아와서 동촌 유원지
갈대밭에 쏟아지는

노을에 타는 중이다.
빛발 속에 함성이다.

내 고향은 묻지 마라. 검사동 백십사 번지
비행기장에 묻어 놓고 흐르는 강가에서
그리운 사람도 잊고
늙어가는 곳이다.

2013. 6. 20.

재회

은해사 쓸쓸한 길을 소나기가 앞서 간다.
일제히 일어나서 빗줄기에 젖은 소리
나무는 나무가 아니라 혼백이 우는 유택幽宅이다.

수림장樹林葬 저마다의 곡성
바람 따라 엉엉 울어
눈을 감고 합장하면
부질없는 지난날만
겹겹이 사무쳐 오는데
뉘 혼령인가
스치는
꽃뱀.

한 줌 재로 뿌리에 묻힌 안타까움이 남은 걸까
다시 와서 놀라게 하고 숨어버린 전생의 연
내 다시 태어나 너를 만날 수만 있다면.

2013. 7. 2. 「시조시학」

흔적 2

비 개인 뒤 명부전, 추녀 끝에 앉는 구름
비웠지만 다시 돋은 지난날의 뉘우침이
산 넘고 하늘을 건너 피 쏟으며 우는 새.

「한국시」

제5부

잠시 출타 중
2014~2016

그제사 알 수 있었네

영대병원 중환자실에서
몇 날이고 세상 밖을
넘나들다 눈 떠 봐야 사람들이 귀한 것을
그제사 알 수 있었네.
죽음이란 그 의미를

내과병동 남쪽 창에 빛나는 저 저녁노을
티끌만큼 남은 목숨 그 끝에도 불붙겠다.
사라져 어둠에 묻히기까지 네 이름을 부른다만

또 누가 저승을 갔나
계단 오르는 통곡 소리
용서 받을 일이거나 피에 젖은 사연들은
아, 모두 부질없는 일
걸어 놓은 수의 한 벌.

2014. 5. 29.「시조미학」

금호강 가에서

금호강 남쪽 언덕
한 평 땅을 얻는다면
촉촉이 이슬 맞은 야생화를 심어 놓고
노을진 물결 위에 새떼
바라보며 살고 싶다.

묻지 마소. 동촌 땅은 능금만큼 윤기 나는
사람끼리 모인 마을 인정 많아 빛이었소.
육이오, 사변에 묻힌 그 시절로 잃었지만…

잊으려도 생각나는
나의 고향 '검사동' 아
육십여 년에 사무친
지난날이 넘쳐나서
돌 깎아 시詩를 새긴다오.
새 울거든 찾아오소.

2014. 8. 12. 대구시조 시화전

쓸쓸한 편지

- 고 김몽선 시인께

미리 약속할 걸, 당신 보내고 외롭습니다.
황천길이 멀다지만 왜 돌아서지 못합니까?
포장집 안주가 타다 그리움에 불붙는데

집 떠나서 뉘네 뒤안 몸 가누며 지냅니까?
멀리서 부는 바람 저승 돌아온 듯한데
친구는 소식이 없고 빈 술잔만 녹습니다.

생각하면 생각마다 꽃이 피고 꽃이 지는
추억의 길목 위에 끼룩끼룩 우는 새
그 소리 눈물로 보냅니다. 듣고 찾아오십시오.

2014. 8. 10. 대구문협 원로문인 작품

잠시 출타 중

돌아오지 않는데도 어리석게 기다린다.

가슴엔 불이 붙고
빈 잔엔 가을이 가득

여기 와 타고 있는데 흐르다 멈춘 이 눈물.

출타 중이면 어서 오게
소식 끊어 아득한가.

저승을 둘렀으면 한잔하러 올 법한데

멀리서 뚫어지게 보는
그대의 그 뜨거운 눈.

2014. 9. 5. 「대구시조」

노숙하는 새

지하철 3호선이 대봉 성당 앞을 질러
가로수 잘라내고 전선줄 옮긴 자리
기둥 위 비둘기 집이 새로 생겨 새가 잔다.

쉴만한 곳 있으면야 노숙해도 천당이다.
성경 속의 어진 말씀 듣다 깨다 하다 보면
불안에 쫓긴 날짐승도 깊은 잠을 청하겠다.

하숙집에서 밀려난 학창시절 생각나서
하염없이 쳐다보는 지하철 받침대 끝
그때 그 방황의 그늘 구름처럼 피어난다.

2014. 9. 5. 「대구시조」

새와 꽃뱀

집에서 한 십 리 길
텃밭에서 풀 뽑는다.
생각 잃고 무심한 오후
내 곁에서 슬피 우는
하얀 새 흐느낌에 젖어
하는 일을 멈추었다.

구름은 하나 없고
푸른 하늘 적막한 허공.
세상 끝은 허망하여
눈 감으면 보이는데
저 꽃뱀 나들이 가듯
저승길도 그렇게 가나.

2015. 1. 26. 「개화」

내 만약 예약할 수 있다면

내 만약 저승길 예약할 수 있다면
살아오며 죄 값한 일 잡초 뽑듯 다 뽑아서
몸으로 용서를 빌다 모두 벗고 거둘 텐데

이제 앞은 한 뼘만 한 세상
그 밖은 어찌 알랴
사랑도 끊지 않고
쉽게 떠난 사람처럼
홀연히 연줄을 잘라
하직할까 두려운 것을.

이별 후에 남은 눈물 모두 흘려 잊을 때까지
미워하고 저주하던 한 시절을 지울 때까지
조금 더 향기를 얻어 나이테를 감고 싶다.

2015. 3. 6. 「대구문학」

묘비명

'노년은 행복했네. 이대로 떠나가네'
더도 말고 이 말만 새겨주면 좋겠다만
세월이 청태를 덮어 지우고야 마는 것을

그래도 살다간 자리 그림자가 쓸쓸한 곳
바람이 찾을지 몰라 네 흐느낌이 맴돌지 몰라
돌 깎아 부질없는 생각 새겨두고 앉추려네

이름 위에 비 내리고 기억조차 없거들랑
봄 앞에 먼저 와서 저마다의 등을 밝힌
풀꽃에 눈물을 주면 새가 되어 내 울 게다.

2015. 3. 12. 「개화」

다시 돌아온 후

목련은 죄다 지고 라일락마저 흔적이 없다.
살다 끝내는 이렇게 가나
마음 더욱 쓸쓸한 날.
병실을 떠돌다 와서
오랜만에 거니는 뜰.

눈 감으면 환히 뵈는
내 누이도 어느새 멀리
무덤 하나 앉혀 놓고 뻐꾹새 되어 우는 것을…
건너 온 슬픈 메아리
산과 산이 엿듣는다.

얻은 건 저녁노을
넘어야 할 서쪽 하늘.
혼자 남은 그림자가 왜 이리 적막하냐?
생각은 그대로 두자.
떠나면 그뿐이다.

2015. 5. 20. 시조문학진흥회

겨울나무는

이제는 버릴 것 없이 연약한 몸 되었지만
찬바람에 시달려도 눈물 아직 뜨겁게 남아
소리쳐 하늘을 본다. 첫눈이여, 내려라.

강 건너 저녁노을 그 너머에 저승 있나.
높은 산 깊은 물을 앞 다투어 가신 누님.
산만큼 피멍이 들어 하루해 또 피곤한가.

봄이 오면 저 들판에 새를 띄워 꽃피우고
손잡고 사랑에 울던 그리운 사람 불러와서
내 품에 안고 싶지만 남은 날이 안타깝네.

2015. 12. 31.「대구문학」

가을에 두고 가야

이 산 저 산 덮고 우는 억새밭 둘렀다 한들
가슴속에 곱게 익은 열매 하나는 두고 가야
내 없는 적막한 뜰에 봄이 오면 꽃 피겠지.

단풍마저 떨어지고 가을 잃은 나뭇가지
바람 앞에 흔들리며 허공 위에 유서를 쓴다.
절망한 눈물마저도 비울수록 그립더라.

왜 이리 쓸쓸한가. 강물은 제자리고
빈 들판 노을 넘어 철새도 사라졌다.
너 잃고 외로움만 남은 이 그림자는 누구인가.

2016. 1. 18.「한문 문학인」

나무가 하는 말

영욱은 이제 말고 움켜 쥔 손을 펴라.
황금 같이 빛나던 사랑 그 마저도 부질없이
사라져 쓸쓸해질 때 눈은 자꾸 내리려 한다.

밤새 울던 뒷동산의 새소리도 떠난 자리
설령雪嶺을 넘어온 바람 회초리로 내리쳐도
등 한 번 굽히지 않는다. 기다림은 끝이 없다.

언젠가는 피가 돌아 가슴속이 뜨거우면
봄이 와서 불러 오는 꽃소식에 눈을 뜨고
잊었던 그리움을 찾아 길 나섬도 좋겠네.

2016. 1. 18. 「한국동서문학」

청도 유천에 와서

아픈 몸 일으켜서 청도 유천 꽃구경 가자.
강물이 갈 길 찾아 느릿느릿 흘러가는
언덕엔 복사꽃 그늘 물에 젖어 더 곱단다.

벗이여, 그대 집은 등 밖에 있지마는
새가 와서 전하는 말, 꽃이 환한 이층집에
제비꽃 저 혼자 앉아 집을 보고 있다더라.

고개 숙여 쓸쓸한 산 봄은 불러 왜 모으나
그 너머엔 먼저 간 사람 잠든 곳이 거기인데
오늘은 뉘우침마저 벗고 와야 꽃 피우나.

「개화」 25집

불갑사를 가며

기억조차 희미해진 네 이름과 네 사랑을
오늘은 그리워하며 먼 길을 간다마는
아득히 사라져버린 길목 끝에서 우는 범종.

꽃그늘에 바람 일고 '불갑사' 에는 노을인데
눈물 젖던 그 사연을 어디에서 보내왔나.
궁금해하는 것조차 이리 행복한 일인 것을.

한 움큼의 재로 남아 내 평생은 숨었다고
바람이 일러주고 새가 앉아 울먹여도
가슴에 새기고 떠난 외로움은 알 수 없다.

2016. 9. 30.「대구시조」

단상斷想

하루가 또 저문다.
퇴원한 지 보름은 됐나.
가로등에 밤이 오고
노을이 지는 것을
왜 이리 두려워하나.
숨결마저 꺼지려는 날.

오는 사람 보내 놓고
오려나 기다리는
부질없는 생각만 깊어
바라보는 서쪽 하늘
그 누가 올려놓았나.
별빛 너머의 저승길을

2016. 9. 30. 「대구시조」

노래의 새 혹은 새의 노래

문무학
(문학박사)

1

시인 류상덕, 그는 1965년 공보부와 한국 예총이 공동 주최한 신인예술상에 「백모란 곁에서」와 동시 「졸음이 온다」가 당선되어 문단에 첫발을 내디뎠다. 그러나 거기서 그치지 않고 1969년 매일신문 신춘문예 「아침해안」 당선, 1970년 시조문학 「너를 보낸 후로」 천료, 1971년 서울신문 신춘문예 「황국」, 같은 해 소년중앙지 신춘문예 동시 「봄아침」 당선으로 실력을 과시했다. 한 번도 당선되기 어려운 신춘문예에 세 번이나 당선했고, 잡지 추천과 공모전 등 당시 거칠 수 있었던 등단 과정을 다 경험하고, 통과한 보기 드문 시인이었다.

1965년 문단에 나온 이후 2017년 1월 4일까지 52년, 반백

년이 넘도록 시인으로 살았다. 시력 50년을 넘기는 시인은 그리 많지 않다. 그 보다 더 중요한 사실은 그냥 시인의 이름만 달고 산 것이 아니라 돌아가시기 직전까지 꾸준히 작품을 썼다는 것이다. 이 사실을 유족이 넘겨준 원고에서 확인할 수 있었다. 첫 시집은 등단 작품 「백모란 곁에서」를 제목으로 삼아 1977년 발간했다. 1988년 『눈 덮인 달력 한 장』, 1991년 『미호리 가을 외출』, 1996년에는 등단 30년 기념시집으로 『바라보는 사람을 위하여』를 출간했다. 2000년 『비우고도 또 남거든』, 2002년에는 대구오성중학 교장으로 재직하다 퇴직 기념으로 『마지막이라는 말을 하기에는 너무 이르다』를 내어 모두 여섯 권의 시조집을 상재했다.

이 왕성한 활동으로 1979년에 경북문학상, 1990년 한국시조협회상, 1996년에 한국문학상, 1998년에 이호우 시조문학상, 2007년에 대구광역시문화상(문학부문)과, 대구시조문학상을 수상했다. 2016년에는 청도시조공원에 시조 「강둑에서」가 우뚝 서 그의 시력을 증언하고 있다. 문단활동으로는 1975년 경북문협 이사 및 분과위원장, 대구문인협회 부회장, 영남시조문학회 '낙강' 회장을 지내며 지역 시조문단을 부흥시켰다. 지역 시조단에서 류상덕 시인의 선배 시인이 되는 사람은 이호우, 이우출 선생 정도가 있을 뿐이다. 이 사실이 지역 시조단에 미친 영향과 보이지 않는 업적을 충분히 짐작할 수 있게 한다.

2002년 마지막 시집을 내고 난 이후 즉 2003년부터 돌아가시기 전까지 정리해놓은 원고가 171편이나 되었다. 책으로 묶지 않은 원고에 작시作詩 일자를 밝히고 1부터 171까지의 번호를 붙여 정리해놓은 원고뭉치를 유족이 찾았다. 이를 산술적으로 평균해보면 등단 초기나 임종 직전까지 시작 편수가 비슷했다. 이는 시조에 대한 애정이 한결같았다는 사실을 알 수 있게 하는 것이다. 젊은 시절 호기로 작품을 왕성하게 쓰다가 나이 들면 적게 쓰거나 아주 쓰지 않는 사람도 허다한데, 어떻게 이렇게나 한결같이 쓰고 있었을까. 그래서 류상덕 시인에게 시조는 무엇이었을까? 하는 의문을 가지지 않을 수 없다.

그 대답을 어떻게 쉬 말할 수 있으며, 또 쉬이 짐작할 수 있겠는가? 그가 남긴 시조를 통해 그 답을 찾아보고자 한다. 도대체 반백 년 넘게 시조를 붙들고 산 까닭은 어디에 있는가? 첫 시조집의 발문을 쓰신 이태극 선생은 류상덕의 시세계를 '淸新한 感性과 抒情'으로 읽었고, 두 번째 시집 『눈 덮인 달력 한 장』에서 문학평론가 전문수는 류상덕의 시조를 "스스로의 아픔들을 극복하는 무기"라고 썼다.

『미호리 가을 외출』은 동갑내기 시인 송수권이 "고독한 존재의 투입과 나르시즘의 천착"으로 읽었으며, 등단 30주년 기념 시집 『바라보는 사람을 위하여』의 시세계는 문학평론가 이숭원이 "삶의 진실과 그리움의 정서"로 읽었다. 첫 시집의 발문을 쓴 이태극 선생의 아들인 이숭원 교수로부터 발문을 받아 부자父子로부터 발문을 받은 특이한 경우가 되겠다. 『비우고도 또 남거든』에는 필자가 "바람과 노을로 변주하는 비움의 미학"으로 정리한 바 있다. 그리고 마지막 시집은 전문수 교수가 "류상덕 시인의 詩的 停年美學"으로 "시간의 내몰림에 대한 시적 공간"으로 읽었다.

2

이 유고집을 정리하면서 2003년부터 2016년까지 171편의 작품 중에서 연도별로 몇 작품씩을 골랐다. 2003~2005년/ 2006~2008년/ 2009~2011년/ 2012~2013년/ 2014~2016년 이렇게 5부로 나누어 15편 내외의 작품을 골랐다. 유고집 전체의 작품 수는 그가 이승에 머문 연수인 78년을 유고집에 싣는 작품 편수(78편)로 삼았다.

제1부 2003년~2005년은 2002년 오성중학 교장으로 재직하다가 정년을 맞아 퇴임한 직후다. 정년을 기념하여 낸 시집의 시들이 시간의 내몰림에 대한 시적 공간이었다면 이 무렵의 시는 그 시적 공간이 더욱 확대되는 양상을 보인다. 그 공간엔 노을이 지고, 낙엽이 지는 풍경들이 많이 펼쳐지고 있었다.

> 당신이 정말 고운 해바라기 꽃이라면
> 나는 품속에서 까만 씨로 꼭꼭 익어
> 향기며 푸른 하늘이며 없어도 좋으련만
>
> 어찌 눈물 자꾸 와서 젖은 얼굴로 봐야 하나

또 하루 거두면서 타는 저 저녁노을
이대로 돌아서야 하는 등 뒤에 바람이 차다.

-「노을 앞에서」 전문

'노을' 은 무엇인가? 해가 뜨거나 질 무렵에 하늘이 햇빛에 물들어 벌겋게 보이는 현상인데 류상덕 시인이 바라보는 노을이 해가 뜰 때 지는 노을은 분명 아니다. 저녁노을은 무엇인가 끝나기 전에 가졌던 그 모든 것을 다 토해내는, 아낌도 남김도 없이 다 바치는 성스런 의식 같은 자연현상이다. 다 토해내고 다 바쳐서 하나이면 되는 "당신이 정말 고운 해바라기 꽃이라면" 노을처럼 타버리겠다는 의지가 중장과 종장에서 노을처럼 붉게 타오르고 있다.

우리가 의미 없이 보내는 것 같은 하루도 기실은 이렇게 성스런 의식을 치르고 나서 저문다. 그것을 바라보는 시인의 아쉬움이 가득하다. 하루를 보내는 마음이 쓸쓸한 것이다. 무엇인가를 해야 했던, 그러나 아쉬움만 남은 것 같은 쓸쓸함을 느끼고 있는 것이다. 노을 앞에서 어쩔 수 없이 하루를 보내는 데 돌아서는 등 뒤에 부는 바람이 차다. 그런 아쉬움과 쓸쓸함을 「새에게」 전한다.

추워서 우애 살지
눈물 젖어 우애 살지
내 가슴에 얽은 뼈대 가지처럼 말랐다만

메마른 핏기는 아직
살아 있어 뜨겁단다.

잠 안 오거든 산을 넘어
울며 울며 찾아 오렴
백열등은 목숨을 다해 희미해진 골목길에
빛바랜 대문을 열고
너를 바래 기다리마.

살다가 병이 깊어
얘야, 함께 가던 길을
생각하다 눈 감지만 그리워 또 눈물 난다.
마음 속 텅 빈 둥우리
바람 시린 겨울밤.

-「새에게」 전문

류상덕 시인은 그의 작품들에서 새를 자주 등장시켰다. 이것은 류상덕 시인의 개성의 한 면모面貌이기도 하다. 그 이유가 무엇일까. 새의 일반적 상징을 통해서 유추해볼 수밖에 없다. 새는 자연물 중에서 매우 특이한 위치를 차지하는데 ① 자연물 중 가장 활동적이란 점, ② 그 비상으로 인해 이상지향적 존재로 생각하는 점, ③ 인간과 가장 가까이 있다는 점 등이 그 이유가 되지 않을까 생각된다.

작품 '새에게'는 이런 새의 일반적 상징을 그대로 담고 있다. 첫 수 종장 "메마른 핏기는 아직 살아있어 뜨겁단다."라는 구절에서, 둘째 수 초장 "잠 안 오거든 산을 넘어 / 울며 울며 찾아 오렴"이라고 노래하고 있는데, 그곳이 어디든 이렇게 간절히 부를 수 있는 곳이라면 이상향이 아니겠는가! 셋째 수는 그 전체가 새가 인간과 가장 가까이 있는 자연물이라는 것을 그대로 드러내고 있다.

3

류상덕 시인의 시세계에서 '새'는 시인 자신의 객관적 상관물로서 포괄적인 상징성을 지니는 것으로 보이게도 한다.

> 번개가 줄기를 찢어 뿌리까지 태워도 그냥
> 넉넉히 바라보며 잎새 하나 돋는 것을
> 눈 감고 기다리며 살던 그런 날도 복이라던
>
> 마음은 멍이 들어 소리조차 잃고 없다
> 울 오매의 목소리로 우는 새에게 물어야만
> 땅 치며 피 쏟은 눈물 알게 되는 것일까.
>
> 아내의 늦은 귀가 가슴 앓다 왔나 보다
> 거짓말도 철이 들어 또 거짓말을 하지 마는

안경 속 까만 눈동자 퉁퉁 부어 말 전한다.

-「우는 새에게 물어야만」 전문

이 작품에서 보듯 류상덕 시인에게 있어 '새'는 모든 것을 존재케 하는 상징물이다. 없는 것도 있게 하는, 모르는 것도 알게 하는, 나아가 아픈 것도 잊게 하는 그런 상징물이다. 이 작품에서도 첫 수에서 아무리 어려운 일을 당해도 그것은 극복되는 것이라는 사실을 알려준다. 신은 인간에게 극복할 수 있을 만큼의 고통만 준다는 말도 있지 않은가? 둘째 수에 오면 삶의 아픔이나 슬픔도 새에게 물어보고 싶어한다. 그 새는 보통 새가 아니다. 오매의 목소리로 우는 새에게 물어봐야만 알 수 있을 것이라며 고통을 이겨낸다.

셋째 수에서는 삶의 고통을 넘어가는 지혜가 번뜩인다. '거짓말'도 철이 들면 위로가 되는 것이다. 고통을 부풀리는 참말보다 고통을 줄이는 거짓말이 우리 삶에서 얼마나 많이 필요한가. 여기에서는 삶의 모든 고통을 이겨낼 수 있는 길이 제시되고 있다. 그 답은 사랑이다. 눈동자가 퉁퉁 붓도록 울만 한 일이지만 서로의 고통을 줄이려 거짓말을 하고, 그 거짓말 속의 사랑을 끌어내는 이 기묘함이 새를 사랑하는 류상덕의 지혜라고 하지 않을 수 없다.

새소리는 우리 인간이 듣고 느끼는 것과 새 자신과의 상황과는 많이 다를 것이다. 류상덕의 '새'는 슬픔과 아픔의

세계에만 사는 존재가 아니다. 더러는 아름답게 울어 기쁨과 희망을 선물하기도 한다. 류상덕 시인은 새의 목소리로 울고 싶어 했고, 새의 목소리로 가슴 시린 이들을 위로하려 했었다. 그의 시 세계에는 많은 새들이 산다.

언제 왔나, 목청 고운 새소리에 창을 열면
먼 길을 돌고 돌아 지칠 대로 지친 내가
매화꽃 향기보다 짙은 소식 전해 주더구나.

울 수 조차 없던 절망 태우며 앓던 밤이
어느새 물러가고 햇빛 더욱 눈부시다
잊어야 잊어야 하리, 발이 저린 지난 날을.

난초 잎에 물 오른다, 봄이 벌써 들었나 보다
가슴에 향기 스며 높이 부는 휘파람도
이제는 신명이 났나. 여린 가지 흔드는 바람.

-「꽃소식」 전문

목청 고운 새 한 마리가 그의 창가에 와서 울어주면 지칠 대로 지친 영혼을 위로 받고 둘째 수에서는 "울 수조차 없던 절망"을 태워버리고 햇빛이 눈부신다. 그래서 아픈 기억은 털어버리고, 셋째 수에서는 삶에서 참으로 신나는 일이 있어 휘파람도 불고 신명이 나 어깨를 들썩거리기도 한다.

그러한 마음의 기쁨을 '꽃소식' 으로 비유한 작품이다. 이만한 기쁨을 이르지 않은 나이에 느꼈다면 그의 삶은 아름다움 속에 있었다고 보는 것이 옳겠다. 이어지는 '다시 봄 앞에서' 라는 작품을 보면 2007년 1월 그의 삶에 참 기쁜 일이 있었나 보다

> 눈물 젖은 옛 사연이 오늘은 꽃이 되어
> 한 잎 한 잎 봄비 맞아 흔들리고 있는 것을
> 내 어찌 지우고 살며 눈이 멀어 왔던가.
>
> 울음으로도 못 달래고 피멍으로 간직했던
> 갈래갈래 찢어진 슬픔들이 다시 돌아
> 방황이 깊었던 길에 작은 등을 달았다.

-「다시 봄 앞에서」 전문

4

2009년에 들어서면 류상덕의 시는 많이 아프다. 시인의 몸이 아파서 시가 아파지는 것이다. 만나지 말아야 할 것이 병이지만, 병은 또 피해갈 수 없는 삶의 과정이기도 하다. 아프지 않고 평생을 사는 사람은 없다는 것이 삶의 과정일 수밖에 없다는 사실을 인지시키는 것이다. 그런 병을 만나

수술을 앞두면 어떤 생각들을 할까? 누구라도 맞아야 할 일이기에 깊이 생각해 봄직한 일이다.

수술 날을 정해 놓고
혼자 밤을 새우다가
남몰래 숨겨 둔
친구 하나 불러와서
술잔을 주고받으면
얼마나 좋으랴

죽음의 문 앞에서
가슴 조이는 일이나
살아온 세월만큼
패 맺혀 상처 깊은
그 모든 얘기를 속삭여
취해 봄도 좋겠네.

비록 우리 내일은
하직하고 못 보아도
어제의 이런 만남
가져 여유 있었단 걸
느끼다 쓸쓸해지면
실컷 울어도 좋겠다.

-「이런 만남」 전문

수술 날을 정해 놓고 해 볼 수 있는 생각, 그렇구나. 술잔을 주고받을 수 있는 친구를 만나는 일이구나. 그렇게 주고받는 술잔 속에는 술이 담기는 것이 아니라 추억이 담기고 정이 담길 것이다. 그 추억과 정의 다른 이름은 바로 삶이다. 그렇게 정을 나누고 추억을 나누면 삶에서 느꼈던 조바심과 깊은 상처에 취할 수밖에 없지 않겠는가. 그리고 그 다음엔 어떻게 될까. 위로가 필요하다. 이 상황에서의 위로는 실컷 우는 수밖에 없을 것이다. 그것이 안도의 눈물이든, 아쉬움의 눈물이든 그 눈물이 삶의 흔적일 수밖에 없으니까.

시인의 병은 깊어 간다. 수술 날을 받았으니 수술하고 경과가 좋아진 것이 분명하다. 그런 그가 그 이듬해 나들이를 떠났다.

대구시 달성군 문양면 종점에는
수양버들 가지마다 물빛 품은 잎새들이
가야산 가는 사람들의 등에 실려 곱습니다.

중환자 병동에서 퇴원한 내 친구가

- 이승에서
이리 멋진
소풍을 간다 - 하며

잠결에 더듬던 말이
예사롭지 않습니다.

산새가 떠난 길을 쉬엄쉬엄 찾아가서
눈물 나면 따라 우는 뻐꾹새가 안타까워
심장을 해체한 사연 그냥 안고 왔습니다.

-「가야산에서」 전문

수술을 경험한 사람으로 중환자 병동에서 나온 친구의 말이 어찌 예사롭게 들리겠는가. 친구들과 함께 가야산을 가는 것, 그 예사롭다고 하면 지극히 예사롭고 그냥 그렇게 있을 수 있는 일이라고 생각하면 그야말로 아무런 일도 아니다. 그러나 화자는 중환자실에 입원해 있다가 퇴원한 남이 아닌 친구다. 남과 친구가 다른 것은 남이 겪는 일은 그야말로 남의 일이지만, 친구의 일은 곧 내일 같이 느껴지는 일이다. 그래서 그것은 남의 일이 아니라 내가 겪을 일인 것이다. 그런 일이 '이리 멋진 소풍' 이라고 여기는 것은 수술실을 거쳐보지 않은 사람은 느끼지 못할 감정이다.

그러나 사람이여, 깊어지는 병은 그를 다시 수술실로 불러들었나 보다.

사람이여, 그립다 말고 손을 잡아 달래주오
저승길 재촉하는 심장외과 초침소리

이승의 무겁던 짐을 모두 풀고 숙면하는
목숨도 이제는 그저 흐를 대로 흘러가서
부딪히면 언덕에 기대 풀꽃으로 피었다가
별빛이 고운 밤이면 외로움 속에 울렸는가.

너와 내가 서로 얽혀 환희롭던 욕망은 가고
바라보던 눈빛마저 무거워 감기는데
영혼은 잠을 청하나 보다, 인적조차 하나 없다.

-「외과 병동에서」 전문

류상덕은 한때 이렇게 절망했다. 병을 앓는 과정에서 느낄 수 있는 감정이 아닐까 생각해보게 된다. 여기서 짚을 수 있는 사실은 이렇게 깊은 병중에서도, 절망 속에서도 시조를 생각하고 있었다는 것이다. 정말 놀랄 일이 아닌가? 외과 병동에서 "목숨도 이제는 흐를 대로 흘러가서" 라고 삶의 줄을 놓아버리는 듯한 생각을 하는 그 순간에도 이렇게 시를 생각하고 있었으니 그를 시인으로 부르지 않고 그 무엇으로 부를 수 있겠는가!

5

2012년과 2013년 두 해 동안 그는 사람에 관한 시를 많이 썼다. 그와 함께 문단 활동을 한 사람들을 호명하듯 불러서 그들을 기억했다. 「겨울 벽방산」에서는 통영의 서우승 시인을, 「동인지를 보다가」에서는 부제로 - 이일향 시인께 - 로 부쳤다. 그 작품들을 피해갈 수 없을 듯 하다.

연세가 얼마신지? 잊고 온 제가 오늘
동인지를 보다 문득 얼굴이 떠올라서
엎드려 쏟아지는 눈물
적시며 글 씁니다.

삼십여 년 전 팔십연대
함께 손을 잡으며
'낙강' 의 노을빛에
'백수白水', '초운樵雲' 모셔 놓고
시 뽑아 적막한 밤을
울리시던 '이일향' 님

'청도' 시인 '박' 시인도 어느새 저승 가고
가로등만 외로운 밤
그리움이 깊습니다
대구에 눈이 왔습니다.
거닐던 그 '남산동' 길에

* '낙강' 은 낙동강을 줄여 쓴 것으로 1965년 조직한 〈영남

시조문학회〉 '낙강洛江동인' 을 뜻함.(이호우, 이영도, 정완영, 이우출 외 많은 동인이 있었음)

* '백수' 는 정완영 님, '초운' 은 고인이 된 이우출 님임. 그리고 청도의 '박' 시인은 박옥금 님을 말함.

-「동인지를 보다가」 전문

낙강 동인 영남시조문학회는 류상덕 시인이 창립 회원으로 참여했고, 한때 회장을 맡았던 회로 시조 역사상 가장 오랜 동인의 역사를 자랑하고 있는 모임이다. 그 동인회에서 나온 동인지를 읽다가 일어난 생각들을 시로 옮긴 것이다. 동인들의 이름을 쭈욱 불러보고 있는 것이다. 그가 한때 애정을 쏟은 단체였기에 그 구성원의 이름을 불러 보고도 싶었을 것이며, 또 기억하면서 동인에서 일어났던 일들을 기억하고 있는 것이다.

「그 옛날 가을다방」이란 제목의 시조 세 수 중 둘째 수 셋째 수를 옮기면

육십 년대, 창가에 앉아 노란 잎에 물이 들며
다 식은 이야기를 풀어놓고 말이 없던
저승간 '권' 시인의 땅에도 이 노래는 건너갈까.

'상훈' 형과 하루해를
죄다 마셔 취했노라.

'예종숙' 님의 음성은
붉게 젖어 문 여는데
어느 새, 이승을 떠났단다.
통곡하며 지나는 바람.

-「그 옛날 가을 다방」 2-3 수

함께 드나들었을 다방에서 그리운 이름을 부르는 것이다. 둘째 수의 '권' 시인은 권국명 시인을 노래한 것 같다. 말이 없던 시인에서 알 수 있다. 한때 부산일보 사장을 지낸 김상훈 시인과 술을 마신 일, 예종숙 시인의 붉은 얼굴과 굵은 목소리들이 한없이 그리워진 것이다. 이승을 떠난 시인들의 이름을 부르고 부르며 사람을 사랑했다. 이 뿐이 아니다. 이 시집에 등장하는 시인들의 이름은 김몽선, 민병도, 박달수, 필자 등 여러 명이 있다. 그만큼 사람을 사랑했다는 말이다. 시인 뿐만 아니라 친구인 사진작가 성용제 님의 사진 작품을 보고는 「한라산 두 얼굴」이라는 시조 속에 "서귀포 노을이 지면 수평선에 달 띄우자." 는 다정스런 언어를 건네기도 했다. 아름다운 우정이다.

6

류상덕의 사람 사랑은 작품 「그제사 알 수 있었네」에서

절정에 이른다.

영대병원 중환자실에서
몇 날이고 세상 밖을
넘나들다 눈 떠 봐야 사람들이 귀한 것을
그제사 알 수 있었네
죽음이란 그 의미를

내과병동 남쪽 창에 빛나는 저 저녁노을
티끌만큼 남은 목숨 그 끝에도 불붙겠다.
사라져 어둠에 묻히기까지 너 이름을 부른다만

또 누가 저승을 갔나
계단 오르는 통곡소리
용서받을 일이거나 피에 젖은 사연들은
아, 모두 부질없는 일
걸어놓은 수의 한 벌.

-「그제사 알 수 있었네」 전문

중환자실에서 목숨이 다해가는 것을 알고 깊은 생각에 잠긴 것이다. 이 세상에 귀한 것이 무엇이고 죽음이 또 무엇인지를 생각하게 된 것이다. 시 속에서 시인은 귀한 것은 사람이고, 죽음은 사람과의 이별이라는 것을 깨닫는다. 그는 그것을 후회한다. 그제사 깨달았다고 중환자실 문턱을 드나들어 봐야 그것을 깨닫게 된다고 우리에게 전해준다.

그렇게 사람을 사랑한 류상덕 시인은 2015년 간절한 바람의 시 한 편을 남겼다. 그는 떠나야 한다는 사실을 너무나 잘 알고 있었고, 다만 살아오며 있었던 허물 모두 벗기고 지워서 깨끗하게 삶을 정리하고 싶어했다. 그래서 저승길을 예약할 수 있다면 예약을 하고 싶었던 것이다. 셋째 수의 간절한 외침은 가슴을 먹먹하게 만든다.

내 만약 저승길 예약할 수 있다면
살아오며 죄값한 일 잡초 뽑듯 다 뽑아서
몸으로 용서를 빌다 모두 벗고 거들텐데.

이제 앎은 한뼘 만 한 세상
그 밖은 어찌 알랴
사랑도 끊지 않고
쉽게 떠난 사람처럼
홀연히 연줄을 잘라
하직할까 두려운 것을

이별 후에 남은 눈물 모두 흘려 잊을 때까지
미워하고 저주하던 한 시절을 지울 때까지
조금 더 향기를 얻어 나이테를 감고 싶다.

-「내 만약 예약할 수 있다면」 전문

저승길을 예약하고 싶었던 그는 2015년 3월 그는 「묘비명」을 썼다.

'노년은 행복했네, 이대로 떠나가네'
더도 말고 이 말만 새겨주면 좋겠다만
세월이 청태를 덮어 지우고야 마는 것을

그래도 살다간 자리 그림자 쓸쓸한 곳
바람이 찾을지 몰라 네 흐느낌이 맴돌지 몰라
돌 깎아 부질없는 생각 새겨두고 앉추려네.

이름 위에 비 내리고 기억조차 없거들랑
봄 앞에 먼저 와서 저마다의 등을 밝힌
풀꽃에 눈물을 주면 새가 되어 내 울 게다.

- 「묘비명」 전문

돌아가시기 두 해 전에 쓴 작품이다. 인생을 유년과 청년 중년과 장년 그리고 노년으로 나눈다면 노년이 행복했다는 말은 잘 산 사람이 할 수 있는 말이다. 류상덕 시인은 타인이 봐도 참 잘 산 삶이 분명하다. 가정적으로도 자녀들 훌륭히 키워냈고, 부부 교육자로서 부부가 모두 학교장을 지내기도 했다. 그래서 무엇 하나 흠잡을 데 없을 것 같다. 평생을 교사로 가르치며 살았고 그와 함께 시를 통해 가슴 시린 사람들을 위로하며 살았다. 이렇게 평생을 누군가에게 무엇인가를 주는 사람으로 살았기 때문에 그 스스로도 노년은 행복했다고 묘비명에 쓸 수 있고, 쓰고 싶어 했을 것이다.

필자는 이 작품을 보면서 류상덕 시인은 지금 새가 되었을 것이라는 상상을 한다. 그의 시 밭에 무수히 날던 새들은 저승의 풀밭을 날아다니며 풀꽃을 피우고 있을 것이다. 세월 흐르고 흘러 묘비명의 글자들이 지워져도 풀꽃이 필 것인저, 풀꽃이 피면 새가 되어서 울 것이라고 했으니 말이다. 이 글을 쓰고 난 다음에는 새소리가 무심히 들리지 않을 것 같다. 류상덕 시인의 목소리가 담겨 있을 것 같아서… 이 땅에서 시조를 쓰는 많은 사람들이 류상덕을 그렇게 기억할 것이다.

시인은, 많은 생각을 하는 사람들이라서 제 갈 날을 안다. 시인에겐 절명시絶命詩가 있기 때문이다. 류상덕 시인의 절명시는 '단상斷想' 이다.

하루가 또 저문다
퇴원한지 보름은 됐나
가로등에 밤이 오고
노을이 지는 것을
왜 이리 두려워하나
숨결마저 꺼지려는 날.

오는 사람 보내놓고
오려나 기다리는
부질없는 생각만 깊어
바라보는 서쪽 하늘
그 누가 올려 놓았나
별빛 너머의 저승길을

-「단상」 전문

이 작품은 운명하기 석 달 전에 쓴 작품이다. 그는 그 때 이미 '별빛 너머의 저승길'을 보았다. 퇴원을 하고 보름 쯤 가로등에 밤 오고, 노을 지는 것이 두려웠다. 그때 이미 숨이 꺼지려는 고통이 있었다. 누군가 병문안을 다녀갔을 테고 그래도 또 남은 누가 기다려지는 그 시간에 그의 눈은 서쪽 하늘을 바라보았다. 그런 순간에 그의 눈에 비친 것은 별빛 너머의 저승길이었다. 류상덕은 이승의 끝자락에서 저승길을 바라다보고 있었고, 그 길을 따라간 것이다.

그는 현자賢者였다. 그는 다 알고 있었다. 우리는 모르고 있었지만 그는 별빛 너머의 저승길을 보고 있었다. 저승길이 보인다는 말까지 시조에 담아 놓은 시인, 그를 우리가 어찌 깨달은 자로 보지 않을 수 있겠는가? 또한 그런 그를 우리 시조단에서 어찌 잊을 수 있겠는가?

7

류상덕 유고 시집의 제목을 『그제사 알 수 있었네』로 정한 데에는 몇 가지의 이유가 있다. 먼저, 시의 내용에 류상덕 시인이 평소 삶에서 사람을 귀하게 생각한 정신이 담겨있어서다. 그 다음은 제목 중의 '그제사'는 표준어가 아닌 대구 사투리다. 그걸 모를 시인이 아닌데 굳이 그렇게 쓴 것은 그것이 고향 말이기 때문이다. 시인은 지금 대구 공항이 되어 있는 고향을 많이 그리워하며 살았다. 그 사실을 아는 사람으로서 그 뜻도 하나 쯤 걸쳐주고 싶었다. 따라서 이 제목의 시집 속에 담긴 그의 시를 읽는 우리가 이 세상에 정말 귀한 것이 사람이라는 사실을 깨우치자는 뜻을 담았다. 류상덕 시인의 시가 우리에게 주려 한 것이 있다면 바로 이런 정신이 아니었을까. 그래서 그의 부탁으로 삼고 싶은 것이다. 사람이 귀하다는 것을 너무 늦게 깨달으면 나중에 너무 많이 후회해야 하니까 말이다.

이제 류상덕의 삶에서 시조는 무엇인가에 답할 차례, 류상덕은 결국 시조로 살았다. 따라서 그의 삶이 곧 시조였고 시조가 그의 삶이었다. 시조를 통해서 세상을 보았고 시조를 통해 사랑을 나누었다. 그의 삶은 시조의 형식처럼 단아했고, 시조의 정신처럼 올 곧았고, 시조의 가락처럼 부드러웠다. 시조로 살다간 이의 시조는 이 땅 곳곳 흰옷 입은 사람들의 마음속에서 자라고 자라 오래 오래 전해질 것이다.

어쩌겠는가! 이제, 그가 그리우면 그가 남기고 간 시집을 들추고, 청도 남천 시조공원에 찾아가서 「강둑에서」를 읽을 일이다. 그는 새가 되어서 하늘과 땅 사이를 날고 있을 것이다. 새의 노래를 부르고, 노래의 새를 날리고 있을 것이다. 그의 시를 읽을 때 새소리가 들리거든 그 소리를 조금도 의심하지 말고 류상덕 시인의 목소리로 들으면 될 일이다. 류상덕 시인의 시조는 새소리처럼 아름다워서, 그의 노래를 듣는 사람에게 위로를 건네주었고, 새처럼 날고 싶은 꿈을 꾸게 하였다. 그렇게 새처럼 노래를 부른 시인은 우리 곁을 떠나 노래의 새가 되어 하늘과 땅 사이를 훨훨 날고 있다.

1. 본적 및 주소

본적 : 대구광역시 동구 방촌동 90번지

(원적은 '대구광역시 동구 검사동 1구 446번지' 인데 1950년 6.25 사변으로 고향 '검사동' 이 동촌 비행기장에 징발됨으로써 유년시절 자랐던 고향은 찾기 힘든 곳이 되고 말았다. 시인이 어릴 적에 뛰어놀던 그 옛날의 동네 골목이나 논밭가에서 바라보던 하늘빛을 그리워하는 상실의 아픔은 시의 밑바탕에 깔린 '잃어버림' 의 정서로 나타난다.)

2. 출생지 및 성장지

1940년 일본 '모지' 에서 태어나 1945년 해방 후 귀국, 대구 '동촌' 에서 자랐다. (5세 때 귀국하여 지금은 동촌 비행기장 활주로 속에 들어간 '동촌 : 검사동 1구' 에서 자라다가 6.25 사변으로 집과 논밭을 징발 당하고 인근 마을인 '방촌동', '둔산동' 등을 전전하며 피란 아닌 피란을 살았다.)

3. 학력

· 대구해안초등학교 졸업
· 대구사대부중 졸업
· 대구사범학교 졸업
· 대구대학교 특수교육과 졸업
· 계명대학교 교육대학원 졸업

4. 문단경력

· 1965년 공보부 주최, 예총 주관 신인예술상 문학부문에 시조 「백모란 곁에서」(심사: 이은상, 이태극)와 동시 「졸음이 온다」(심사: 이원수, 어효선)가 입상되어 문단에 데뷔
· 1965년 〈매일신문〉 신춘문예에 「아침해안」(심사: 이호우) 당선

· 1971년 〈서울신문〉 신춘문예에 「황국」(심사: 이태극) 당선
· 1971년 〈시조문학〉지에 「너를 보낸 후로」 천료
· 1979년 12월, '경북문학상' 수상
· 1990년 1월에 '한국시조협회상' 수상
· 1996년 12월에 제33회 '한국문학상' 수상
· 1998년 11월에 '이호우문학상' 수상
· 2007년 11월 '대구시조문학상' 수상
· 2007년 10월 '대구문화상 - 문학부문' 수상

5. 시집

· 1966년 『바라보는 사람을 위하여』
· 1977년 『백모란 곁에서』
· 1988년 『눈 덮인 달력 한 장』
· 1991년 『미호리의 가을 외출』
· 2000년 『비우고도 또 남거든』
· 2002년 『마지막이라는 말을 하기에는』 등을 발간

6. 근무처 및 기타

· 1959. 4~1973. 2 : 대구교대부초, 동인초등, 대명초등, 경산 진량초등, 경산용성초등, 성주초등에 근무
· 1973. 3~1998. 8 : 경명여고 근무
· 1999. 9~2002. 8 : 오성중학교 교장으로 재직하다가 정년 퇴임(황조근정훈장 받음)
· 1975년부터 경북문인협회 이사 및 분과위원장 역임
· 1982년부터 대구시 문인협회 부지부장 및 이사 역임
· 영남시조문학회 회장, 한국시조시인협회 이사, 그리고 여러 동인 및 문학지도협회 회장직 수행

7. 2017년 1월 4일(음. 12월 7일) 작고